転生して田舎でスローライフをおくりたい
I want to enjoy slow Living
砂漠のオアシスへ行こう!
錬金王
ill. 阿倍野ちゃこ

シャナリア
サルバの護衛。
ラズールの王宮魔法使いでもある。
バグダッド
ラズール随一の魔法使い。
一族秘伝のレシピは、あの料理？

サルバ
アルに興味津々の、
ラズール王国の第二王子。
アルフリート
真冬のコリアット村を離れ、
暖かいラズール王国を観光中！

「大丈夫。クッションの心地よさで
そうなっているだけだから」
「ええ!?」

転生して田舎でスローライフをおくりたい

I want to enjoy slow Living

砂漠のオアシスへ行こう!

錬金王

ill. 阿倍野ちゃこ

CONTENTS

Illustration :chaco abeno　Design :afterglow

転生して田舎でスローライフをおくりたい

砂漠のオアシスへ行こう!

「外で遊んでいたせいかちょっと焼けたかな……？」

洗面台の鏡に映った自分の顔を見て、俺はそう呟《つぶや》いた。

最近はスキーやスノボが我が家で大流行だったせいで、真冬だというのに外に連れ出されることが多かった。

冬とはいえ、山の頂上で日差しを浴び続けているとそれなりに紫外線のダメージはくるもので。俺の肌はほんのりと茶色くなっているように見える。

「アル、顔洗ったのならそこ退《ど》いて。手、洗いたいから」

「あ、うん」

鏡で自分の顔を見ていると、いつの間にかエリノラ姉さんがいたので素直に譲る。

魔道具で水を出して、パシャパシャと手を洗うエリノラ姉さん。

朝の自主練をしていたのかシャツが身体に張り付き、肌には汗が浮かんでいた。

それなのに男性のような汗臭さをまったく感じないのはエリノラ姉さんも女性ということか。

「何か失礼なこと考えてない？」

不穏なことを考えていたからだろうか、エリノラ姉さんが鏡越しに鋭い視線を向けてくる。

「別に失礼なことなんて考えてないよ。ただ、俺と違ってエリノラ姉さんは、あんまり肌が焼けてないなーって」

人間は嘘をつこうとするから動揺が前に出る。

確かにその時に思った本当のことを言えば、怪しまれることはないものだ。

「日焼け止めを塗ってるわけでもないけど、肌が焼けたりしないのよね。母さんは塗れってうるさいけど」

特に俺の言葉を疑うこともなく、シレッと全女性を敵に回すような台詞《せりふ》を吐くエリノラ姉さん。

世の女性たちが美しさを保つためにどれだけ努力をしているのか、エリノラ姉さんには一生わかんないんだろうな。

俺は女性じゃないけど、前世で姉がいたのでその努力を少しはわかっているつもりだ。

だけど、エリノラ姉さんはそんな努力など不必要とばかりの髪の美しさ、肌のきめ細やかさ、スタイルの良さがあるんだよな。

こういうのを生まれ持ったモノとでも言うのか……。

などと思っていると、手を洗い終えたエリノラ姉さんが俺の頬にピトッと手を当てた。

「冷たっ！」

ただでさえ外に出て冷えているのに水で洗ったばかりとなれば、手が冷たいのは当然だった。

「アルはほんのり焼けたわね。少し男らしくなっていいんじゃない？」

エリノラ姉さんは俺の反応を見ると、笑いながら機嫌良さそうに去っていった。

エリノラ姉さんもそう言うということは、やはり俺の肌は焼けているのか。

「……待てよ。日焼けしてる今ならラズールに行っても怪しまれないんじゃないか？」

前回、避寒地へのマッピングと観光を兼ねてジャイサールに行った時は、冬なのに肌が軽く焼けてエルナ母さんに怪しまれてしまった。

しかし、今の日焼けした状態なら、多少焼けても怪しまれないのではないだろうか？

うん、きっとそうに違いない。

もうちょっと観光したかったラズール観光を再開できるぞ。

とはいえ、南国の紫外線を甘く見てはいけない。エリックのような褐色肌になってしまわないように、エルナ母さんに頼んで日焼け止めを譲り受けるべきだろう。

そんなことを考えながらリビングに入ると、ガバリと何かが動いた。

物凄《ものすご》い速さであったが、俺はしっかりとその動きを捉えていた。

コタツで仰向けに寝転がっていたエルナ母さんが、急いで起き上がったという事実を。

「エルナ母さん？」

「なにかしら？」

にっこりとした笑みを浮かべながら、どこか重圧をかけてくるエルナ母さん。

突っ込みたいところであるが、日焼け止めを欲している今、藪《やぶ》をつついて蛇を出す必要はない。

「外に出るから日焼け止めのクリーム貸してほしいなーって。ほら、最近肌が焼けてきたから」

「あら、本当ね。洗面台の引き出しに入れてあるから一個持っていっていいわよ。ただし、無駄に使わないようにね？　結構、高いんだから」

「わかった。ありがとう」

どうやら突っ込みを入れないのは正解らしく、エルナ母さんは快く了承してくれた。

あるいは目的の物を渡すことで口封じを兼ねていたのかもしれないが。

とりあえず、リビングを後にして洗面台に戻る。

適当に引き出しを開けてみると、日焼け止めの入った瓶がギッシリと詰まっていた。

……これ、何個あるんだろう？　この日焼け止めは高いんじゃなかったっけ？

いや、深くは考えないようにしよう。女性は美を保つためであれば、何でもするんだって俺は知っているのだから。

とりあえず、瓶の一つを開けて、日焼け止めのクリームを塗っていく。

ほのかにいい匂いがするし、油っぽくない。しっとりと肌に馴染《なじ》むようで、さすがは高級品だと唸《うな》らざるを得ない使い心地だった。

日焼け止めを塗り終わると、防寒着を身に纏《まと》って屋敷を出ていく。

人気《ひとけ》のない平原あたりまで歩くと、転移を使ってジャイサールの屋根に転移。

雪一面から一転し、砂や泥、土魔法で築き上げられたレンガの街へと景色が変化する。

砂漠に囲まれたオアシスだ。

気候は真冬から陽気な夏に。しっとりとした寒さではなく、熱気が身体を包み込んだ。

防寒着を纏ったままでは勿論《もちろん》暑いので、肌の露出を抑えられながらも通気性の良いラズール服にそそくさと着替えた。

「さて、観光の続きでもしようかな」

準備をしっかりと整えた俺は、転移を使って街に降り立った。

◆

ジャイサールの街は、今日も人が多く行き交っている。

しかし、王都のような忙《せわ》しなさは不思議と感じない。地面に布を広げて、ラズール人が座り込んで手作りの人形を売っていたり、日陰で若者が呑気《のんき》に話し込んでいたり。

「そこの君。うちの店寄ってかねえか？」

「今はブラッと見て回りたいので」

「一通り見て回ったら戻ってこいよー」

だらりとしている店主の前を通り過ぎると、そんな風に声をかけられた。

接客にあるまじき言葉遣いと距離感であるが、もう慣れた。

今ではむしろ、その軽さが心地よくも感じられる。

都会だけど、都会のような忙しさが感じられない不思議な街だ。

緩い空気を感じながら歩いていると、通りの端で何かを一生懸命になって彫っている人がいた。気になって覗《のぞ》いてみると、露店にはたくさんの彫刻が並べられている。

持ち手が花、魚、人間、サソリ、狼《おおかみ》などの生き物を象《かたど》っており、木の凹凸でそれらを見事に表現していた。

「これは何です?」

俺が声をかけると、男性はようやく気付いたのかハッと顔を上げた。

「あ、ああ、いらっしゃい。それはハンコだよ。インクをつけて押すと、そのままの形で写るんだ」

「あー、ハンコか。随分と細かいですね」

「ハハハ、どうも。まあ、ハンコなんてあんまり買う人もいないんだけどね。ちょっとした趣味みたいなものさ」

趣味のハンコにしては凝り過ぎているような。魚やサソリは鱗《うろこ》の一枚一枚まで、花だって丁寧に花弁が彫られている。

「お父さん、お弁当持ってきたよー」

「おお、マヤ。仕事があるのにわざわざ悪いね」

ハンコの出来栄えに唸っていると、男性の娘さんだろうか。包みを持ってやってきた。

「うん? マヤ?」

「あっ、アルだ!」

聞き覚えのある名前と声に思わず見上げると、前にサンドボードで一緒に遊んだマヤが立っていた。

マヤも俺を覚えていたのか驚きの声を上げる。

「こんなに早く会えるなんて思ってなかった! 旅から戻ってきたの?」

「ああ、うん。またすぐに出発するけど、ちょっと買い物をしにね」

本当は転移で気の向くままにやってきているだけだったので、ちょっと答えるのが気まずい。だけど、本当のことを言えるわけもないしな。

「ふたりは知り合いなのかい？」

「うん！　この間新しいボードを作ってくれたアルだよ」

「ほぉ……」

年齢が少し近い異性とあってか、マヤのお父さんから値踏みを含んだ視線が向けられる。

そんな目で見ないでください。別にお宅の娘さんのいい人とかじゃないですから。

「ああ、せっかくアルがいるのに遊べないなぁ。今日は仕事の日だから」

「マヤは普段何してるの？」

「宿のお手伝いをしているよ！」

「なるほど、ハキハキしているマヤにはぴったりかもしれないね」

「そうかな？」

きっと客受けもよくて、人で賑《にぎ》わっているに違いない。

「少しなら時間があったけど、仕事ならしょうがないね」

「……うん」

マヤがどんな風にサンドボードで滑っているか気になったけど、仕事があるのだから無理に遊ぶわけにもいかない。

「しょうがない。今日は父さんが宿の仕事をしよう」

「え？　いいの？」

マヤのお父さんの男前な台詞に、しょんぼりとしたマヤが笑顔になる。

「マヤはいつも真面目に働いているからね。ちょっとくらいそういう時があってもいいさ」

「ありがとう！　お父さん！」

サンドボードで遊べるのが余程嬉《うれ》しいのか、マヤがお父さんに勢いよく抱きついた。

いいお父さんだな。

「アル君だったかな？　娘をくれぐれも頼むよ？」

「は、はい……」

なんて思っていると、マヤのお父さんが威圧感のある笑みを向けてきた。

前言撤回、マヤのお父さんは大人げないよ。

◆

「アル、お待たせ！」

一度、すぐ近くの宿に戻ったマヤは数分も経たないで戻ってきた。その手には土魔法で作られたサンドボードがある。

「……それって前回、俺があげたボードだよね？」

「うん、これが一番よく滑るし使いやすいから！」

にっこりと笑みを浮かべながらそう言うマヤ。

一応、あれから使い続けているらしい。土魔法で作った消耗品とはいえ、そのように言ってもらえるとは嬉しいものだ。

地味に足を固定するベルトもついているので、自分でつけたのかお父さんにやってもらったのだろう。

「それより、早く外に行こう！」

マヤに促されて俺はジャイサールの外に出る。

防壁から一歩外に出ると周囲は砂漠世界。途方もないくらいに砂が広がっている。

コリアット村にある土とは比べ物にならないくらいの軟らかさを誇る砂丘をマヤと共に上っていく。

周りに遮蔽物もへったくれもない砂丘では陰なんて一ミリも落ちていない。

どちらかというと、ジャイサールのオアシスでも眺めていたいところであったが、ご機嫌そうにボードを抱えるマヤを見ると、そのような情けないことは言えないな。

「おっ、砂漠を歩くコツを掴んだ？」

「前回あれだけ遊んだらね――おっとと」

「あははは、まだまだみたいだね」

などとしたり顔で言っていたのに、早速転びそうになったのでマヤに笑われてしまった。

こんなに砂が軟らかく、足に纏わりついてくるのにどうしてマヤは普通に歩けてしまうのか。

マヤ曰《いわ》く、砂にも硬いところや軟らかいところがあるとのことであるが、俺はまだその見極めができる境地に達してはいないようだ。

エリノラ姉さんなら、すいすいっと歩いてしまうのかもしれないな。

「今日はここの砂丘がいい感じ！」

なんて考えながら歩いていると、マヤの一推しの滑りポイントにたどり着いたらしい。

中々に傾斜の角度があって、距離が長いな。

前回は久しぶりにやったせいか若干ビビり気味だったけど、最近はエリノラ姉さんに山滑りへと連行されていた俺だ。この程度の傾斜でビビるわけはなかった。

手慣れた様子でボードのベルトに足をはめるマヤを横目に、俺は土魔法でボードを生成し、足を固定した。

「まずはひと滑りしよ！」

「いいよ」

俺が返事すると、マヤはその場でジャンプをして勢いをつけて砂丘を下った。

俺も続くようにジャンプし、勢いを利用して傾斜を滑り下りる。

「やっほおおおおー！」

マヤの気持ちの良さそうな声が砂丘に響き渡る。

前方では実に見事なフォームを維持して、一直線に下っていくマヤの姿が。

黒い髪が風でたなびいて、宙で軌跡を描いている。

マヤの方が一足先に滑り下りたとはいえ、すごいスピードだ。

きっと体重を上手く使って、加速させているんだろうな。

ボードの接地面から伝わる、雪とは違った感覚。

雪だろうと砂だろうと傾斜を思いっきり滑り下りるのは中々に心地いい。

上から眺めると遠いように思えた傾斜も、速度を出して下るとあっという間に終わってしまった。

「はぁー、この風を切る感覚が最高！」

「滑っている時のマヤはすごく楽しそうだもんね」

「うん！　でも、最近はちょっとマンネリ気味なんだ……」

爽快な表情を浮かべていたマヤであるが、言葉の途中でちょっと寂し気なものに変わる。

「どうかしたの？」

「ただ速く滑るだけに飽きてきちゃって。ねえ、アルの故郷ではただ速く滑る以外の遊び方はあった？」

てっきりサンドボードそのものに飽きてしまったのかと思ったが、そうでもなかったらしい。

かなりの運動神経を誇るマヤからすれば、ただ真っ直ぐ滑り下りるだけでは満足できないのだろう。

マヤはもっと多彩なサンドボードの遊び方や、難易度を求めているらしかった。

「色々あるよ」

「本当⁉　教えて！」

前世でもボード系のスポーツや遊びは結構あったから、それを再現すればいい。

「じゃあ、まずは一番簡単な障害物滑りかな」

「それってどんなの？」

「ただ真っ直ぐに滑るだけに飽きたのなら、真っ直ぐ滑れないようにすればいいんだよ。障害物があれば、ターンして避けないといけないから難易度も上がるでしょ？」

そう言いながら、土魔法を発動して傾斜の途中に砂柱を立ててみせる。

これで真っ直ぐ滑り下りるのは不可能だ。この障害物を越えるには、キレのあるターンを決めないといけない。

「……言われてみればそうだけど、ぜんぜん思いつかなかった！　アルはすごいね！」

「すごいのは俺じゃなくて昔に考えた人だよ」

あくまで知っている競技を再現しただけだからな。別に全然すごくない。

マヤは我慢ならないとばかりに砂丘の上に向かって走り出す。

俺がサイキックで運んでもよかったのだけど、身体を動かさずにはいられなかったのだろう。

俺はちゃんとマヤが滑れるか見守るために、下にいることにした。

別に上に向かうのが面倒とかいうわけではない。

「やってみるから見ててねー！」

マヤの声に手を上げて応えると、彼女は勢いよく砂丘から滑り下りた。

障害物があるにもかかわらず、少し速度が出ている気がする。

それでもマヤは見事に一つ目の柱を体重移動によるターンで躱《かわ》す。

二つ目の柱も最小限のターンで回避。しかし、三つ目のところで大きなターンをしてしまったのか、バランスを崩して柱に激突。

砂でできた柱がザバーッと崩れて、マヤの身体に覆い被さった。

「大丈夫か、マヤ？」

一応、砂で作った軟らかい柱とはいえ、あのようにド派手にぶつかって崩されると心配になる。すっかりと砂で埋まってるし。砂柱を大きく作り過ぎたな。

こちらが駆け寄ると、マヤは勢いよく身体を起こして笑った。

「あはははは！　ちょっとスピード出し過ぎちゃった！」

こちらの心配する気持ちを吹き飛ばすかのような晴れやかな笑顔だ。

どうやらどこにも怪我はないらしい。

「そりゃ、そうだよ。障害物を躱さないといけないんだから、ある程度は減速しないと」

「でも、それじゃあ遅くなっちゃうでしょ？」

「まあね。そこがこの遊びの難しいところであり奥深さだね」

減速を最小限にしながら、どれだけ速く滑れるのかがこの遊びの肝だ。

マヤは初めてながらも、そのことに気付いているようだ。

「ねえ、他にも面白い遊びはある？」

「一人ではできないけど、面白いのがあるよ」

「なになに？」

立ち上がって興味津々のマヤの目の前で土魔法を発動。

しかし、今度は先ほどのように砂柱を立てるわけではない。

八メートル×五メートルの範囲くらいの砂を操作して、波のように動かしてあげた。

シルフォード領の浜辺で再現した平面エスカレーターの応用だ。

「うわわわ！　すごい！　流砂だ！　この上をボードで滑ればいいの？」

「そうだよ。そう簡単に滑らせはしないけどね」

「よーし、滑りきってみせるから！」

俺の挑発を敢えて受けて立ったマヤは、意気揚々とボードを持って流砂に入る。

さすがに慣れていないと、速い流砂のまま滑るのは無理なので出だしだけは緩やかにしてあげる。

「いいよ！」

マヤが緩やかな流砂の上で、しっかりとバランスをとれたら速度を上げる。

「すごいこれ！　勝手に砂が流れてずっと滑っているみたい！　楽しいー！」

人工的な波乗りでも、波に乗ってバランスを保つのは中々に難しいはずなんだけどな。

さすがは運動神経抜群少女。魔法による多少の流砂では余裕のようだ。

楽しそうに笑いながらバランスを保っている。

じゃあ、もう少し難易度を上げてみせようかな。

俺は流れる砂の速度を早くする。

「おっと……よっ！」

それでもマヤは器用にバランスをとっているので、さらにレベルを上げてうねるような流砂を引き起こしてやる。

「うわっ、ちょっと無理！　へぶっ！」

すると、さすがのマヤも不規則な流砂には対応できなかったらしく、流砂に呑《の》み込まれてにしまった。

魔法の範囲外にボードと共にザザザーッと流されるマヤ。

まるで、海辺に打ち上げられた魚――いや、遭難者のようだ。

近付いていくと、マヤはむくりと起き上がって頭を左右に激しく振る。

口の中に砂が入ってしまったのか「ぺっぺ」としていた。今日のマヤは砂まみれだな。

「どうだった？」

「……楽しかったけど、あんなせり上がるような砂は卑怯《ひきょう》」

「それもこの遊びの醍醐《だいご》味《み》だからね」

どれだけ自然に荒々しい波を作りだせるかは、まさに魔法使いの技量といっていいだろう。

砂に慣れているマヤを警戒させないように、魔法の発動を最小限にして不意をついてあげた。

「やっぱり、アルは性格が悪いなぁ」

「えー、こんなにも真摯に遊びを教えているのに？」

「うん」

なんて言い合って、俺たちは砂丘のど真ん中で笑い合った。

スパイシーなあの味

I want to
enjoy
slow Living

「そろそろ帰るね」

障害物滑り、流砂滑り、サンドボードのジャンプ技、二人乗りなどを教えていると、マヤは唐突にそう言った。

「あれ？　もう帰るの？」

新しいサンドボードの遊び方を教えると、すごく喜んでいた彼女だ。

てっきり一日遊びたがると思っていたのだが……。

「お父さん、あんまり宿の仕事が得意じゃないから……」

どこか苦笑いした様子で帰る理由をぶっちゃける。

娘であるマヤのために時間を作ったお父さんであるが、宿の戦力としては微妙らしい。

子供らしく気にせず遊ぶという選択肢もあるというのに、なんて健気《けなげ》な子なんだろう。

「わかった。じゃあ、今日はこれくらいにしとこうか」

「時間を作ってくれたのにごめんね」

遊びを途中で切り上げることになったせいか、マヤが申し訳なさそうにする。

短い時間ではあったけど、俺の教えた遊びへの食いつきようからマヤがもっと遊びたかったのは明らかだ。

それなのにこうして他人に気遣うことができるとはいい子だ。

「気にしなくてもいいよ。楽しければそれでいいから」

遊んだ時間が短いか長いかは関係ない。俺にとって大事なのは、その時に過ごした時間が楽しかったかどうかだ。

マヤと一緒にサンドボードの新しい遊び方を探究する時間は、俺にとっても楽しいものだった。

なんて言うと、マヤは嬉しそうな笑みを浮かべる。

「次に会うまでに教えてもらった遊び練習しておくから！　また一緒に遊んでね！」

「うん、いつになるかわかんないけどまたね」

サンドボードを抱えてジャイサールへ走っていくマヤを見送って、俺は曖昧な言葉で返事した。

すぐにやってくるか、それとも当分先になるのかはわからないが、またマヤとサンドボードで遊びたいなと心から思った。

◆

マヤとジャイサールで別れた俺は市場へと来ていた。

屋台で買ったナンのようなモッチリとしたパンを頬張りながら、改めて観光をしようと練り歩く。うん、このモチモチとした食感たまらないな。小麦の香ばしさがありながら、しっかりとした甘みがある。

オリーブオイルやソースをかけて食べてもいいが、そのままでも十分に美味《おい》しい。

「あー、カレーを食べたくなるなぁ」

ナンといえば、思い浮かぶのはカレーだ。個人的にはごはんと食べる方が好きであるが、ナンで食べるカレーも悪くない。

まさしくナンみたいなパンを食べているせいか、無性にカレーを思い出してしまう。

あのなんともいえないスパイシーな味。カレー味としか形容することのできないコクと甘さと辛さを兼ね備えた料理。

異世界に転生して年月を重ねど、あの味を忘れたことはない。

「やあ、少年」

記憶にあるカレーの味を思い出していると、不意に声をかけられた。

「あっ……この間ラッシージュースを売りつけてきた店主」

「無理矢理売りつけたかのような言い方はよしてもらいたいな」

俺の言葉に肩をすくめたのは、辛い香辛料を食べさせ、悶《もだ》える俺にラッシージュースを買わせるというあくどい商売をしてきた香辛料屋のおじさんだ。

あの時の汚いやり口は忘れられない。

「ラッシージュースならいりませんよ？」

「そんな胡散臭《うさんくさ》そうな目を向けるなよ。今回声をかけたのは王都ラジェリカから珍しい香辛料が入ったからだ」

ラジェリカというのは、ラズール王国の首都のことだ。

ラズール王国一の人口を誇る場所から仕入れた香辛料か……どんなものか気になる。

「見せてください」

「ああ、いいとも」

そう言うと、店主は陳列した棚とは別にある小さな木箱を取り出した。

その中にある小さな瓶を取り出すと、蓋を開けて少量の香辛料を見せてくる。

長さ五ミリほどの小さな楕円《だえんけい》形をしている黄色っぽい種子。そこからはどこか嗅いだことのある独特の匂いがする。

「……もしかして、これってクミン？」

「おお、知っているとは博識だな。ラジェリカの付近で採れる香辛料でクミンという。肉や野菜料理、煮込み料理に使える高級品だ」

クミンといえば、カレーに必要な代表的なスパイスの一種じゃないか。

「ちょっと食べてみても？」

「ああ、いいぞ」

期待に胸を膨らませつつクミンを口に含んで噛み砕いてみる。すると、ペパーミントのようなスーとする味と、ほろ苦さ、そして僅かな辛みのようなものが感じられる。

すごく強烈というわけでもないが、余韻が長く残る独特な味。

間違いない。これは前世と同じクミンだ。

「もしかして、この国にはカレーっていう料理があったりします？　茶色くてドロッとしたコクのあるスープなんですが……」

「うん？　そんなスープは聞いたことがないが？」

クミンがあるのだから、もしかしたらと思ったがカレーが存在するわけではないようだ。

とはいえ、カレーに必要不可欠なスパイスがあったのは事実だ。

存在しなかったとしても、カレーはスパイスを組み合わせて作る料理。

前世でカレーに使える香辛料は六十にも迫ると言われていたが、簡単なものであればたった三種類で作れたはずだ。

香り、色、辛みの三種類。

クミンを見つけて香りの部分は達成しているので残りは二つだ。

香辛料の豊かなラズール王国ならば、カレーに最適な残りの二つを見つけられるかもしれない。

課題は見つけた後、揃えた香辛料からどうやってカレーを作り出すか、だが……。それは帰ってからこっそり研究すればいい。

あるいは王都で商いをしているラズール人から買ったとか、トリーがくれたとか適当に言って、バルトロに任せてみるというのもいいかもしれない。

時間がかかるかもしれないし、前世のような完璧な味は無理かもしれないが、近しい味を再現できる可能性は十分にある。

「これいくらです？」

「一瓶で金貨八枚だ」

「高っ！」

店主の言葉に思わず叫んでしまう。こんな小さな瓶一つでそんなにするのか。

「高級品だと言っただろ？　ラジェリカに行って直接買えば、もう少し安くなるがな」

クミンを見つけた衝撃でうんちくのようなものは耳に入っていなかったが、そういえばそんな事を言っていたような気がする。

ここはラジェリカからかなり離れたオアシスだし、輸送量や労力を考えると割高になるのは当然なのだろう。

「そうですか。じゃあ、ここにあるクミンを全部ください」

カレーが食べられる可能性があるのだ。

「金払いがいいだろうとは思っていたがここまでとはな。だが残念なことに、クミンはこの一瓶しかない」

「ええー……じゃあ、大量に仕入れることはできますか？」

「俺も頻繁にラジェリカに行くわけじゃないんでな」

なんてこった。こんな小さな瓶一つじゃ、ロクにカレーの開発もできやしない。

完璧に調理方法を知っているわけではないので、研究用としてそれなりの量は欲しい。

「わかりました。それじゃあ、一つください」

「おう、毎度あり。おまけにラッシージュースをあげよう」

金貨を八枚手渡すと、店主はにっこりとした笑顔でクミンとラッシージュースを渡してくれた。

このジュースを貰うといいようにやられたような気持ちになってしまうが、ラッシーに罪はない。

店から離れた俺は日陰に座り込み、ラッシーを飲みながら考える。

カレーを作るには、残り二つの香辛料を数多あるスパイスの中から探さなければならない。

今手に入れたクミンも、ラジェリカまで行かないと必要な量を手に入れることはできない。

そして、前世と同じカレーの味を作るための研究期間も必要だ。

カグラの時のように既に完成品があるのとは違う。

それでも、やっぱり……。

「カレーは食べたいよなー」

先ほどナンを食べた時に味を思い出したからだろうか。それとも香辛料の香りに当てられてしまったのか。

俺の中では面倒くささよりも、カレーを食べたい欲望の方が勝っていた。

面倒くさがりの俺さえも、動かしてしまう魅惑の味。

転移を使えば、普通の人が命を張って砂漠を横断するような旅路ではない。

ジャイサールにやってきた時のように気楽にいけばいい。

ラジェリカでクミンを大量に仕入れ、カレーに必要な残りの香辛料を探し出すんだ。

転移魔法でいつでも行ける範囲を増やしておくに越したことはないしな。

将来、水売りをするためにもラズールの王都を見ておいて損はないだろう。

「しょうがない。ラジェリカに行ってみるか」

でも、もうちょっとだけ日陰にいよう。

今は風が涼しいから。

砂漠での出会い

I want to enjoy slow Living

ジャイサールでクミンを発見した俺はカレーを再現するべく、香辛料の豊富な王都ラジェリカを目指し、南へ進んでいた。

ジャイサールを出ると、外は砂漠風景。

ひたすらに砂と空が広がっているのみ。

そんな砂漠の中を突っ切るように俺は空中で転移を繰り返して横断している。

視界の中に人気《ひとけ》はない。

それもそうだ。オアシスの外は厳しい暑さと魔物が跋扈《ばっこ》する危険地帯。

水魔法が使えぬものは、すぐに喉の渇きに飢えることになるだろう。

砂が全てを支配する大地には、自然といったものはほとんど存在しておらず、採取とは無縁。

僅かに生えている植物も砂漠に適応するためか、やたらと棘《とげ》の多いものであったり、蔓《つる》が動いていたりとても食用には思えない。

さらに砂に紛れるかのような毛の色をした獣や、大きなサソリのような魔物がいたりと、コリアット村周辺のように気軽に出られる場所でもないことは明らかだった。

時折、商人らしき人たちがズオムに乗って一列に進んでいるのを見かける程度。

それ以外で人を見かけることはまずない。

「その分、こっちは周囲に気を遣うことなく転移できて楽だからいいけどね」

人がいない以上、転移を見られないようにと気を遣う必要がないのが楽だった。

氷魔法で暑さを和らげながら長距離転移を繰り返すだけの簡単な作業。

足に絡みつくような砂の上を歩く必要もなく、暑さに晒《さら》されることもない。

危険な魔物はいれど、主に潜んでいるのは砂の中や上なので俺からすれば、何の障害にもなっていなかった。

くっきりとした茶色と青のコントラストは中々に綺麗《きれい》だ。平原の緑と空の青もいいが、こちらも案外と悪くない。

厳しい砂漠環境の中を俺はのんびりと転移し続けた。

◆

ジャイサールから転移で移動し続けること数時間。

進めど進めど変わることのない景色に、少し辟易《へきえき》しながらも俺は転移を繰り返す。

景色がまったく変わっていないからか、ぜんぜん進んでいないように感じる。

ミスフィリト王国からジャイサールにやってくるまでは、景色が色々と移り変わって新鮮だったのであまり退屈しなかった。

だけど、ここでは砂と少しの植物以外何もない。四方八方が砂。

少しでも油断して方向を見失えば、どこの方角からやってきたのかもわからなくなるくらいだ。

時折、砂漠の魔物が大怪獣バトルのように諍《いさか》いを始めるのであるが、そのような恐ろしいものを間近で眺める度胸も趣味もない。

「何か面白いものでもないかな？」

小さな街でもオアシスでもなんでもいい。何かないだろうか。

文字通り、砂漠で針を探すかのように視線を巡らせながら転移することしばらく。

視界に建造物らしきものが見えた。

「おっ、何だあれ？」

魔力を目に集めて見てみると、砂に埋もれた神殿のようにも見える。

豪奢《ごうしゃ》な彫刻が施された柱が何本も建っているが、長い年月のせいかすっかりと朽ち果てており大半は砂に沈んでいる。

もしかして、砂漠に眠る遺跡とかだろうか？　オアシスが枯れ果てて、街を廃棄したなんて話も前世ではよく聞いていたし。

「ちょっと行ってみるか」

転移による移動疲れと飽きを感じていたので、俺は休憩を兼ねて見学しに行くことにした。

砂に埋もれた遺跡をしっかりと脳裏に焼き付けて、その場所へと転移。

気が付くと、俺は空中ではなく遺跡の目の前に立っていた。

ずっと空中転移をしていたから、砂の上を歩くのは久し振りだった。

軟らかい砂を踏みしめながら俺は遺跡らしき石造りの建造物に近付いていく。

まるで前世にあったパルテノン神殿のように荘厳だ。

しかし、破砕と風化によって劣化が激しく、それが却ってもの悲しい雰囲気を醸し出していた。

強い風が吹いたせいで砂が舞い上がり、遺跡が大量の砂を被る。

俺の服にもたくさんの砂が付いたが、いちいち払っていてはキリがないので諦めた。

劣化する前はさぞかし立派な神殿だったんだろう。

今は、推測して想像するしかできない。だからこそ、歴史的建造物にはロマンがあり、多くの歴史研究者が調べているのかもしれないな。

なんて思いながら柱で陰になっている部分を見つけて腰かける。

過去にここはどんな場所で、どんな人たちが生活していたのかは知らない。

今となっては砂漠を横断するための、ちょっとした休憩所でしかなかった。

そのまま日陰で俺は仰向けに寝転がる。

日陰になっている部分が冷たいわけはないが、こうして横になれるだけでも十分だ。

さすがに砂漠で眠るつもりはないが、ほんの少しだけ目を瞑《つむ》っていると足音らしきものが聞こえた。

「うん？」

思わず目を開けて周囲を見渡してみるも、俺以外には誰もいない。

もう一度、横になって今度は耳を床に当ててみると、さっきよりも鮮明に足音が聞こえた。

足音の反響具合から恐らく二人。

「……もしかして、ここに地下がある？」

などと呟いていると、近くにあった朽ちた台座がゴゴゴゴとスライドした。

そして、そこから二人の人間がゆっくりと出てくる。

エリックよりも濃い肌をしていることから二人ともラズール人だ。

先頭にいる黒髪の人は、フードで顔こそ見えないものの髪の長さと、その女性らしい丸みを帯びた肢体から女性だということがわかる。

手首には金色の腕輪が装着されており、腰にはしなりを帯びた剣を佩《は》いている。鋭い空気感と歩き方からして武人だろうな。

そして、女性の後ろにいるのは男性だ。癖のある黒髪をしているが、とても整った顔立ちをしている。

黄色い瞳に女性のような長い睫毛《まつげ》。どこからどう見てもイケメンだ。

甘いマスクをしていると形容するべきか。

……この人達。今、地下から出てきたよな？　この神殿には地下があるのだろうか？

俺が呆然《ぼうぜん》と見ていると、向こうもこちらに気付いたらしく女性が慌てて腰から剣を抜いた。

「何者だ！　いつからそこにいた⁉」

シミターのような湾曲した剣を向けて、警戒感たっぷりに問いかけてくる女性。

太陽の光がシミターに反射してとても眩《まぶ》しい。

いきなり物騒なものを向けてくるなと思っていたが、ここは危険な魔物がひしめく砂漠なので無理もないか。

「え？　少し前からですけど？」

「こんなところで何をしている？」

「疲れたので、ちょっと日陰で涼んでいました」

「…………」

などと正直に答えてみせるも、女性は怪しい者を見るような目を向けてくる。

現に俺は日陰で座り込んでいるじゃないか。本当にそうだったのでそれ以外に言いようがない。

なんだかこの女性は妙に怖いので、後ろにいる男性に視線を向けると面白そうなものを見るような目をしていた。

……なんかこの人も違う意味でダメな気がする。

「あの、そちらこそ何をされていたんです？　なんだか地下から出てきたように見えましたが？」

「そ、それはお前には関係のないことだ」

「地下にある遺跡の調査をしていた」

「サルバ様!?」

こちらの質問を誤魔化そうとした女性であるが、後ろにいる男性があっさりと白状した。

「ハハハ。あの少年は我々が地下から出てくるところを目撃している。誤魔化しても不信感を与えるだけだろ？」

「それはそうかもしれませんが……はぁ、もういいです」

気楽に笑いながら言う男性の言葉を聞いて、女性は諦めたようにため息を吐《つ》いた。

待てよ。この男性ってば『様』づけで呼ばれていなかったか？

となると、貴族に準じるようなそれなりの地位にいる可能性が高い。

「やあ、少年。俺の名はサルバ＝ラズール。この国の第二王子だ。広大な砂漠でこうして会えたのも何かの縁。俺たちと仲良くしようじゃないか」

なんだか嫌な予感をヒシヒシと感じていると、男性は実にいい笑みを浮かべながら名乗った。

サルバ＝ラズール

I want to enjoy slow Living

「やあ、少年。俺の名はサルバ＝ラズール。この国の第二王子だ。広大な砂漠でこうして会えたのも何かの縁。俺たちと仲良くしようじゃないか」

どこか胡散臭い笑みを浮かべながら堂々と名乗ったサルバという男。

貴族かそれに準じる地位にいる人かと思いきや、もっと上の王族だった。

なんでよりによって王族なのか。どうしてこんな砂漠のど真ん中に王族がいるのか。色々と突っ込みたいことがたくさんあるが、相手が名乗った以上はこちらも名乗らないと失礼に当たる。

「アルといいます」

「うん？　ただのアルなのかな？」

「はい、ただのアルですよ？」

「……そうか。なら、そういうことにしておこう」

今の会話は意訳すると、「お前、平民じゃなくて貴族だよな？」「いいえ？　私はただの平民ですよ？」ということになる。

どうしてバレたんだろう。

俺はエリノラ姉さんやシルヴィオ兄さんのように気品に溢《あふ》れているわけでもないので、パッと見て貴族に見えないはずなのになぁ。

初対面から油断のならない男性だと感じた。

「こっちは護衛のシャナリアだ」

「シャナリア＝キルフシュールだ」

シャナリアと名乗る女性は、サルバと違って警戒心を解いていない。

どこか硬い口調で述べた。

「さっきはシャナリアがいきなり剣を向けて悪かった。なにせ、俺が王族な上に、彼女がまったく感知できなかったからな」

「……あんな距離にいたのに気付かなかったとは不覚」

おかしそうに笑うサルバと、どこか悔しそうに呟くシャナリア。

うーん、俺は寝転んでいただけで、別に隠れていたわけじゃないんだけどなぁ。

いきなり妙なわだかまりができたような気がするがしょうがない。

「ここにはたくさんの遺跡があるんですか？」

「ああ、この辺りには大昔の文明があってな。そのほとんどは壊れ、砂で埋もれてしまっているが、ここのようにいくつか綺麗な状態で残っているものがあるんだ」

ほう、やはりこの辺りには文明があったようだ。自分の推測が当たっていて少しだけ嬉しい。

「へえ、そうなんですね。いいですね、遺跡調査」

「まあ単なる暇潰しだがな。遺跡を調査しているとでも言っておけば自由に出歩けるし、何か発見でもあれば功績にもなる」

適当に相槌《あいづち》を打っていると、サルバがぶっちゃけた。

傍《そば》にいるシャナリアは頭が痛そうにしているが、もはや注意することもなかった。

ということは、これがサルバの通常運転なのだろう。

……この王子、思っている以上に自由で適当だな。

「それでアルは何をしているんだ？　おっと、日陰で涼んでいるのはわかっているぞ？」

「香辛料を買うためにラジェリカに向かう途中でした」

「……ほう？　一人でかい？」

「そうですけど？」

「そうかそうか」

そう答えると、サルバの笑みが一層と深くなった気がする。

なんだか非常に嫌な予感がする。

正直、転移でやってきているので、あまりお偉い人の目には留まりたくない。王族なんかとかかわってしまったら、今後どのような影響があることやら。

「それじゃあ、俺は行きますね」

「待て待て」

面倒ごとを避けるためにさっさと退去しようとしたが、サルバに呼び止められてしまう。

「なんです？」

「俺たちもちょうどラジェリカに戻ろうと思っていたところだ。せっかくだから一緒に行こうではないか？　砂漠は子供が一人で歩くには危険過ぎる」

にっこりと人のいい笑みを浮かべながら提案してくるサルバ。

正直、迷惑以外のなにものでもない。俺には転移で移動することができるからだ。

しかし、人目があるとなれば別だ。転移を使って移動することはできず、サルバ達に合わせて移動するハメになるだろう。

向こうは砂漠に慣れているし、時間だってたくさんある。

しかし、俺は屋敷を抜け出して、やってきているのだ。夜までには戻らないと、家族に怪しまれることになる。

この展開は非常にマズい。

「いえ、お気持ちだけで結構ですので……」

「いやいや、砂漠で出会った少年を一人で行かせたとあっては、第二王子としての評判に傷がつく。ここは俺のためにも同行してもらおう」

「ええー」

確かに俺は戦えるようには見えないだろうし、砂漠の中を横断するには危険だと思うがそれは自己責任だ。

王族としての評判云々《うんぬん》も、目撃者もいない中で出回るものなのだろうか？

正直、この人の考えていることがわからない。

わかることがあるとすれば、どんな理由をつけてでも俺に付いてこようとしていることだ。

多分、ここで反論してもなにかと理由をつけてくるんだろうな。下手したら王族の権利とか使われそうだ。

「わ、わかりました」

「うむ。なら、早速と向かおう」

俺が頷《うなず》くと、サルバは機嫌良さそうに笑って歩き出した。

どうにかして夜がくるまでにコリアット村の屋敷に戻らないと。

◆

サルバとシャナリアに同行されることになった俺は、ギラギラと日光が照りつける中、砂漠の中を進んでいく。

勿論、今までのように転移ではなく徒歩だ。

こんな途方もなく広い砂漠の中を徒歩で縦断なんてゴメンだったというのに。

夜がくるまでに屋敷に帰れるだろうか？

まず確かめるべきことは、ここからラジェリカまであとどれくらいかかるかだ。

「シャナリアさん」

「なんだ？」

「ここからラジェリカまでどのくらいの時間がかかります？」

見たところサルバもシャナリアもズオムに乗ってきていない。となると、ラジェリカまではそう遠くない距離にあるのではないかという俺の推測だ。

半日で行ける程度の距離であれば、夜までに屋敷に戻るのも不可能ではない。

街についた途端に王族相手にすぐ別れられるかという疑問はあるが、そこはもう無理矢理にでも離れて転移すればいい。

まあ、今でもやってしまえばいいんだけど、できれば怪しまれるような事は避けたい。

「直線的な距離にすると一日もかからんが、天候や魔物の数によって左右されるな」

「つまり？」

「半日から場合によっては三日以上かかることもある」

「なるほど」

砂嵐や魔物のことを考えると、最短距離を突っ切るわけにもいかないか……。

しかし、これは朗報だ。なにせ、ここからラジェリカまで最短距離で半日程度ということ。

つまり、迂回《うかい》したりしなければ夜までには屋敷に帰ることができるというわけだ。

「何故、そのような事を聞く？　砂漠を一人で旅していたのなら、それくらいわかるだろう？」

うっ、それもそうだ。砂漠を一人で移動するのであれば、その程度の計算はできて当然だ。

さっきの俺の問いかけは、あまりにも平和ボケし過ぎたものである。

「ラジェリカまでの道は初めてだったもので」

「砂漠で初めてのルートを一人で突き進もうとするとは、アルは中々に胆力があるな」

などと言い訳をしてみると、サルバがそんな風に笑う。

「というより、無謀に近いかと。言っていることが本当であれば、相当な実力者ですね」

……もしかして、ラズール王国の砂漠って俺が考えている以上に危険なのか？

魔法のお陰で暑さの影響もなく、転移ですぐに移動していたので全然実感がない。

などと考え事をしていると、地面が振動した。

「アル、下がるぞ！」

突然の出来事に動揺していたが、サルバの声に反応してすぐに後退。

すると、進行方向にあった砂がドッパアンと盛り上がり、地中から巨大な植物が出てきた。

◆

地中から出てきた巨大な植物は大量の砂を散らし、天の光を浴びるように蔓を伸ばす。

「……大きい」

全長十メートルは越しており、見上げるような大きさだ。

砂漠にまばらに生えている植物とは比べものにならない。

大樹のようにしっかりと根を生やしており、そこから無数に枝葉や蔓が伸びている。

うねうねと蠢《うごめ》く蔓は触手のようで少し気持ちが悪い。

「サンドプラントですね」

「面倒なのに絡まれてしまったな」

シャナリアとサルバの口ぶりから、どうやら砂漠に住む魔物らしい。

どう見ても普通の植物とは思えない大きさだし、ちょっと醜悪だから納得だ。

それにしても魔物か……別に空間魔法が制限されているだけなので戦えないわけではないが、

魔物と戦うなんてリスクの大きいことはしたくない。

「逃げましょう」

「サンドプラントの蔓はよく伸びるから逃げるのは難しいな」

即座に撤退、あるいは迂回を提案するが、サルバが首を横に振ってそう言う。

確かにあのような長い触手をいくつも躱しながら逃げるのは難しそうだ。転移が使えるなら余裕だけど、今は無理だし。

「……なら、やることは一つですね」

「ああ、そうだな」

「「シャナリア、頼んだ！！」」

「サルバ様に言われるのはいいのですが、小僧に言われるのは納得がいかない！」

サルバと意思の疎通を図って叫ぶと、シャナリアが怒鳴った。

小僧とか怖いな。

なんて思っていると、サンドプラントが蠢かせていた蔓の一つを思いっきり叩きつけてくる。

「チッ」

シャナリアは舌打ちしながらも素早くそれに反応して回避してみせる。

砂漠の軟らかな砂が衝撃で派手に巻き上がる。まるで、水飛沫《みずしぶき》のようだ。

シャナリアには悪いがナイスタイミングだ。

俺とサルバはシャナリアたちから距離をとるように避難している。

「サルバ様は王族だからともかく、お前は戦うことができるのだろう⁉」

「いや、俺か弱い子供なんで無理です」

「嘘をつくな！　か弱い子供が一人で砂漠を移動できるわけがないだろうに！」

むむむ、普通の子供は一人で砂漠を移動することなんてできないのか。

道理で二人が俺の言葉を聞いて、訝《いぶか》しむはずだ。

「サルバ様、あの人が子供を無理矢理に前線に立たせようとします。一般人の子供を戦闘に巻き込んだとあっては、第二王子の名に傷がつくのでは？」

「それもそうだな。シャナリア、一人で戦え！」

などと言ってみせると、サルバは快く乗ってくれた。

この人は基本的に面白い方に乗っかるタイプと睨《にら》んでいたので乗ってくれると思っていた。

何を考えているかわからないが、こういう部分は仲良くできそうだ。

「本当にあなたという方は……ッ！」

俺達の茶番に、シャナリアは額に青筋を浮かべていた。

第二王子の庇護《ひご》下にいる今となっては鋭い瞳を向けられようが怖くない。今の俺は権力に守られているのだ。虎の威、万歳だ。

「……なんて風に任せちゃいましたけど、シャナリアさんだけで何とかなりますよね？」

「シャナリアは王宮魔法使いであり俺の護衛だ。サンドプラント程度なら一人で倒せる」

本当にマズい相手なら魔法で遠くから援護するくらいやぶさかではないが、サルバの様子を見る限り戦闘能力において絶大な信頼を寄せているようだ。

第二王子の護衛に抜擢《ばってき》されるくらいだし、王族を連れてここまでやってきているのだ。実戦経験のほとんどない俺なんかが心配するなんておこがましいな。

ここはシャナリアに任せて、優雅に観戦するとしよう。

身体の力を抜いてリラックスしていると、シャナリアが魔法を発動させた。

「『瞬砂』」

短く省略された詠唱。

シャナリアへ覆い被さるように蔓が迫っていたが、彼女は奇妙な平行移動で回避してみせた。

まったく予備動作がない動き。普通の人からすれば、横に瞬間移動したように見えただろう。

「へー、土魔法を使って、足元の砂を動かして移動したんだ」

「あの魔法の仕組みがわかるのか？」

「微量ですけど魔力の流れをしっかりと見れば大体はわかりますね」

自分が移動するのではなく、足場そのものを動かして移動すればいい。それはシルフォード領の稽古でも閃《ひらめ》いた、平面エスカレーター魔法と同じ理論だ。

とはいっても、あんな風にゼロスピードからの高速移動となると身体に負荷もかかるし、タイミングもシビアだから率先してやりたいとは思えないけどね。

ぼんやりと考察をしていると、シャナリアは自らの足による回避と、魔法による高速移動を繰り返して大量の蔓を避ける。

そして、そのすれ違いざまにシミターで蔓を切断していく。

蔓を落とされたサンドプラントがのけぞる中、シャナリアは突撃。

しかし、サンドプラントは即座に蔓を再生させ、束ねるとシャナリアを撃ち抜かんとする。

空中にいたままでは避けることができない。

「『サンドウォーク』」

しかし、彼女の一言で砂が舞い上がり、流れる水のように蠢いて足場となった。

サンドプラントの一撃は虚空を貫き、シャナリアはそのまま砂に乗ってサンドプラントの頭頂部に急接近。

そして、一番大きな頭のようなものを斬り飛ばした。

頭頂部が斬り落とされると、サンドプラントは一気に力を失って崩れ落ち、砂を巻き上げた。

これが砂漠での戦い方なんだ。平面エスカレーターはまだしも、水魔法のように操作して空中でも移動するなんて思いもよらなかった。

シャナリアの魔法の使い方に感動して思わず手を叩《たた》く。

「砂というものは俺達を苦しめるものでもあるが、使いようによっては武器にもなる。これが我が王国の戦士の戦い方なのさ」

「へー、面白いですね」

ラズール人は土魔法が得意と聞いていたが、ここまで自由に操るとは。

異国の魔法を見るというのも面白いものだ。

『瞬砂』とかいう魔法も身体への負担は大きいだろうけど、いざという時の緊急回避に使えるかもしれないな。あるいは相手にかけて体勢を崩させても面白い。

でも、一番面白そうなのは『サンドウォーク』だろうか？　砂に乗って空中を漂うって、なんか楽しそうだ。

「『サンドウォーク』やってみようかな」

「フッ、この魔法は難易度が高い。お前のような小僧にできるわけがない」

などと呟くと、シミターを鞘《さや》に収納したシャナリアがそんなことを言ってくる。

確かに土魔法で砂を動かした経験が俺には少ない。

だけど、シルフォード領で軟らかい砂を動かしていたし、ジャイサールでも砂を動かしてマヤと遊んでいたのでイケる気がする。

そう思って、土魔法を使って砂漠の砂に魔力を浸透させる。

そして、足下にある砂をゆっくりと持ち上げると、俺の身体は宙に浮いた。

そのまま砂を移動させると、乗っている俺もその方向へと移動する。

「おお、なんかサイキックで浮遊するのとは違う感覚だ」

軟らかい砂なので足が抜けるような怖さがあるが、大量の砂が体重をしっかりと分散させてくれているようだ。

あくまで足場は軟らかく、それでいて機敏な方向転換も可能だ。

細かい動きをするにはサイキックで浮遊させた板に乗るよりも、こちらの方がよっぽど使い勝手がいいかもしれないな。使える場所は限られるが。

「……バ、バカな。サンドウォークをこのような子供が自在に操るなんて……」

「既存の土魔法を使うというより、水魔法を使う感覚に似ていますね」

砂漠の砂は粒が小さくてバラバラだ。どこにでもある土の塊とは違って、操作する感覚が違う。

バラバラなので群体として考えることができず、個として扱ってやらねばならない。

しかし、このような細かな粒子を意識することは無駄でしかない。

だったら、水魔法のように魔力を浸透させて、無理矢理群として定義して操作すればいい。

そうするだけで水魔法と同じ感覚で操作することができる。

ただ、魔力を細部まで浸透させる必要性があったりと、通常の土魔法を使うよりも魔力が必要だし、難易度も高いようだけどね。

「ぐぬぬぬ、水魔法が使えぬ私にそのような事を言うとは当てつけか！」

「ええ？　なんで怒るんです⁉」

このタイミングでキレる意味がわからない。

「この国では水魔法を使える者は貴重でな。要するにシャナリアの僻《ひが》みだから気にするな」

俺が戸惑っていると、サルバが訳を説明してくれる。

ああ、ラズール人は土魔法の適性が高い人は多いけど、水魔法を使える人が極端に少ないって聞いたな。

多分、遺伝的なことだと思うけど、水が命を握るこの国においては水魔法を使える人が偉ぶっていたりするのかな。ちょっとあり得そう。

「……おい、アル。それ以上、後ろに下がると危ないぞ？」

大人げなく威嚇してくるシャナリアから離れようと下がると、サルバがそのような忠告をしてくる。

「え？」

ふと、後ろに視線を向けると、そこにいた平たい何かが砂に潜んでおり、こちらに飛びかかってきた。

◆

「キシャアアアッ！」

サルバに注意されて足元を見てみると、平たい顔をした魚みたいな生き物が飛びかかってくるところだった。

「うわあっ！」

生理的嫌悪やら身の危険を感じた俺は、即座に氷魔法を発動させた。

すると、今にも噛みつかんとしてきた生き物が氷の彫像と化した。

平べったいアンコウのような生き物だ。

砂に擬態して、獲物が近付くのを待つタイプなのだろう。おっかない。

口内には細かな牙がたくさん生えそろっており、噛みつかれでもしたら怪我《けが》をするところだったな。

「氷魔法を無詠唱だと⁉」

氷漬けになった砂漠の魚を観賞していると、シャナリアが戦慄した声を上げた。

「魔法はちょっと得意なので」

「ちょっと得意な程度で使えるものか！」

そうなのかな？　氷魔法は水魔法の上位版。水魔法をそれなりに練習すれば、誰でもとはいかないけど使えるようになる魔法だと思えるけど。

などと考えていると、肩にポンと手を置かれた。

振り返ると、サルバがこれ以上なくにっこりとした笑みを浮かべて言う。

「アル、俺のモノになれ」

「嫌ですよ」

どうして男にそのような台詞を言われなければいけないのか。

囁《ささや》かれた瞬間、全身の肌がブルりと震えた。思わず反射的に断ってしまったよ。

「即答か……」

今まで断られたことがなかったのか、若干ショックを受けたような顔をしている。

まあ、これだけのイケメン具合と第二王子という地位だ。

「男に向けて言う台詞ではないかと」

「じゃあ、どんな言葉が欲しい？」

「口説き文句が理由じゃないですよ。そもそも俺は働きたくないのに、他人に仕えるなんてできませんよ」

「宮殿の空気を氷魔法で冷やすだけの業務内容。好きな時にやってきてよし。日給白金貨十枚でどうだ？」

「…………まあ、将来の稼ぎ口の候補には入れておこうかな？」

まともに働かないと決めていた俺であるが、あまりにもちょろ――じゃなくて、魅力的な業務内容に外注先の候補には入れていいかなと思えるほどだった。

ラズールでは水売りよりも、出張氷室の方が楽に儲《もう》かるのかもしれないな。

「この条件でもダメか……」

「まあ、お金にはそこまで困ってないので」

「ふうむ、アルがラズール国民であれば、王の権限で無理矢理雇うのだがなぁ」

権力の力で無理矢理雇用してしまうとか、この世界怖すぎる。ラズール国民じゃなくて良かったと心から思う。

「空気を冷やすだけで日給白金貨十枚って、すごいですね」

雇用の話は聞いているだけでおっかないし、前世のことを思い出すのでちょっと話題を逸《そ》らす。

ミスフィリト王国でも氷魔法を使える者は優遇されているが、ここまでではない。

などと言ってみせると、シャナリアは少し呆《あき》れた表情になり、サルバは苦笑いした。

「やれやれ、アルは氷魔法が使えることの稀少性《きしょうせい》を理解していないな？」

「というと？」

「この国は一年を通して、長い酷暑期に晒される。酷暑期になれば、日中は外に出られないほどだ。そんな過酷な場所で暮らしている人々は一番に何を欲する？」

「快適な気温？」

「そうだ。人々は皆、快適な気温を欲している！　そんなところに気温を下げることのできる氷魔法使いを放り込めばどうなると思う？」

思い出すのは夏になると、群がってくるコリアット村のおやじ達。あれを何十倍にしたとなると考えるだけで恐ろしい。

「……快適な空気を作り出すための道具になりそうですね」

「そういうわけだ」

なるほど、ラズールで氷魔法が使えるということが、どれだけ有用性の高いことなのか。

サルバの説明を聞いて、実感できたような気がする。

快適な気温に飢えているラズール人からすれば、気温を下げることのできる氷魔法への渇望はすごいのだろうな。

「……ふむ、やはり冷気を纏っていたか」

「道理で砂漠を歩いているのに汗ひとつかいていないわけです」

などと考察していると、サルバが左手をシャナリアが右手を握ってそんなことを言いだした。

「……冷気を出してあげるので勝手に手を握るのをやめてください」

俺は二人の子供じゃないんだから。

◆

「はぁぁ……こんな気持ちがいいのは初めてだ！」

「もう、これがないとダメな身体になってしまいそう」

サルバとシャナリアが際どい台詞を漏らしながら喘《あえ》いでいるように思えるが、特にやましいことなどしていない。

ただ二人を冷気で包んであげただけだ。

それでも二人はこの上なく幸せそうな表情をしていた。まあ、冷気がないと砂漠の中は暑いからな。

真夏に味わう冷房の心地よさは、国を跨《また》ごうとも共通しているらしい。

「ここからラジェリカまで半日程度かかるんですよね？」

「はぁぁ……」

「シャナリアさん？」

「うん？　ああ、さっきのサンドプラントのような魔物に絡まれなければだが……」

改めてラジェリカまでの距離を尋ねると、シャナリアは遅れながらも返事した。

あれだけ凛々《りり》しかったシャナリアが、ちょっとダメになっている。

ふうむ、魔物に絡まれずに済めばか……。

サンドプラントといい、さっきの砂の魚といい、今後も絡まれないという保証はないな。というか、高確率で魔物に絡まれる。

遺跡からロクに進んでいないのに二体と遭遇しているくらいだしな。

シャナリアという頼りになる護衛がいるので、魔物自体はそれほど脅威ではない。

問題は夜までに屋敷に帰れるかどうかなのだ。

となると転移は使わず、魔物に絡まれず速やかにラジェリカにたどり着く必要がある。

徒歩だと魔物に絡まれやすいし、さっきのような砂に擬態した生き物に襲われるので論外。

「急ぎたいので魔法で移動しましょう」

俺はそう言って、土魔法を発動して小さな船を作り出した。

小さな漁船を模しているので、きちんとイスもあって割と快適だ。

「二人とも乗ってください」

「土魔法でここまで精緻な船を作ってしまうとは。アルは多才だな」

「こんな物に乗ってどうするのだ？」

「サンドウォークの応用で移動します」

怪訝《けげん》な表情を浮かべながら二人が乗り込んだのを確認すると、船の下にある砂を操作した。

真下にある砂が動き出すと、その上に乗っている船も自然と動き出す。

「おお！　砂の中を突き進む船か！　名付けて流砂船といったところだな！」

「ですが、魔力の燃費が悪すぎる。こんな使い方をすれば、あっという間に魔力が枯渇する」

砂の上を進み出す小船に興奮を露《あら》わにするサルバであるが、シャナリアは呆れている様子だった。

「魔力の量には自信がありますので」

「まあ、どうせ戦うのは私なんだ。好きにすればいい」

さっきの行動で俺が戦う気がまったくないと理解したのだろう、シャナリアが諦めたようにため息をついた。

サイキックを使って移動した方が魔力の消費は少ないけど、せっかく砂漠にいるのだ。

効率が悪くてもここでしかできない移動をしてみたかったんだ。

俺は魔力が多いので、こんな真似をしても問題はない。

砂を動かす速度を上げると、船のスピードも上がっていく。

海の上を突き進むとはまた違った風景と感覚だ。

波の代わりに、轟く砂の音がザザザザーッと絶え間なく響いていく。

砂の上を移動する俺達の船。まるで、ゲームの世界にある乗り物のようで楽しいな。

砂の上は全てが平面というわけでもなく、傾斜の大きな砂丘もたくさんある。

上る時は少し大変だけど、下る時は勢いもつくので、ちょっとしたジェットコースター感覚だ。

サルバなんかはアトラクションのごとく、楽しげな声を上げている。

「ハハハハ！　これは愉快だな！　王宮に戻ったら、魔法使いを集めて遊んでみるか！」

「あんまりお遊びが過ぎますと、国王様に叱られますよ？」

よかった。ラズールの王族にもきちんとした人がいるようだ。

「うん？　なんか跳びはねている魚がいる？」

しばらく船で突き進んでいくと、前方に魚のようなものが跳ねているのが見えた。

「サンドシャークだな。群れで行動する獰猛《どうもう》な魔物だ」

「物騒なので迂回して進みますね」

あれだけの跳躍力があると、容易に船に侵入してきそうだ。

遠くから魔法を撃って撃退させることもできるけど、この機動性の高い魔法であれば迂回することも容易《たやす》い。

俺は土魔法で砂を操作し、サンドシャークの群れを回避して進んだ。

◆
「ラジェリカが見えてきたぞ」

砂漠を船で突き進んでいくことしばらく。

サルバが指さして呟いた。そちらに視線をやると城壁があった。

その奥には城壁よりも高い尖塔《せんとう》や白い宮殿のようなものも見えている。

前世の世界文化遺産にあったタージマハルを彷彿《ほうふつ》とさせるな。

「やっと着いたぁ」

時刻はまだ日が暮れる前といったところ。

日没までになんとしても屋敷に戻りたかったので、目的地に到着したことに物凄くホッとした。

通常ならば歩いて半日。魔物の有無や天候を考えると、三日程度かかってしまう距離。

しかし、土魔法を利用した流砂船を利用したお陰で、険しい傾斜や物騒な魔物もなんのそので速やかに移動できたのである。

「まさかラジェリカまで魔法を維持できるなんて……」

これには同伴しているシャナリアも驚きの模様だ。

それなりに魔力消費の多い魔法だが、転移に比べれば可愛いものだ。

これくらいの移動魔法であれば、何日も継続して使えるだろう。空間魔法を使うべく、幼い頃から魔力増量訓練をしていた甲斐《かい》があったというもの。

「よし、このまま城門をくぐってしまうか」

「民が混乱しますのでやめてください」

サルバがそんな無茶を言うが、シャナリアの言う通りだ。

それに城門の中には砂がないので、このまま進むのは不可能だ。

サイキックを使って浮かんでいけば別だけど、警備している人がおおいに困るだろう。

城門の近くまでいくと、サルバとシャナリアに降りてもらって船を解除する。

砂でできた船はあっという間に崩れ落ちて、砂漠へと還った。

サルバは家族に見せびらかしたかったなどとごねていたが、王族のところまで運ぶなど冗談ではない。

「アル、何をしている?」

「目的地に着いたのでここで解散にいたしましょう。サルバ様、お疲れ様でした」

「何を寝ぼけたことを言っているのだ。ここまで魔法で連れてきてもらったのだ。礼をしなければ、第二王子としての名折れだ」

「えぇー、そういうのいいですってー」

流砂船を降りて、城門に並んでいる旅人や商人の列にシレッと加わっているとサルバに引っ張られてしまう。

目的地に着いたので解散としたいところだったが、そうはさせてくれないようだ。

このまま宮殿にまで連れて行かれそうな気配をヒシヒシと感じる。

勿論、この国の王子であるサルバが入場待ちなどをするわけもなく、堂々たる振る舞いで城門へと進んでいく。

並んでいる旅人や商人が次々と道を開けて、平服していく。

気持ちのいい光景かもしれないが、こういうのに慣れていない俺からすれば居心地が悪いことこの上ない。そもそも俺はこの国の人ですらないし。

人々が平服したことで警備の者も気付いたのか、槍《やり》を持った兵士が慌ててこちらに寄ってくる。

マズいな。このまま雰囲気に流されると宮殿に一直線だ。

迎えの馬車にでも詰め込まれて、逃げる間もなく連行されてしまいそうだ。

周りに人こそいるが、その多くが王子であるサルバと護衛であるシャナリアに視線がいっている。

サルバとシャナリアもやってきた兵士に視線を向けて、俺を視界に捉えてはいない。

いささか強引になってしまったが、逃げるなら今だ。

「サルバ様！　予定よりもお早いお帰りですが、何か異常でもございま——のわっ！」

少し強い風が吹いたので、俺はそれを増幅させるように風魔法を使用。

周囲に気付かれないように、ちょっとした風砂を巻き起こした。

その微弱な魔法にシャナリアが気付くことはない。どうやらエルナ母さんほど魔力の知覚に優れているわけではないようだ。

そのことに一安心。

誰もが砂で視界を覆われている中、俺は風砂に紛れて転移を使用した。

◆

ラジェリカの城門前で転移を発動させた俺は、コリアット村の雪原へと戻ってきていた。

「寒っ」

砂漠で活動するための服装は、日差しを防ぐために肌の露出を控えたものであるが、生地自体は通気性も良くて涼しい。

長袖の服を着ていようが真冬の気温には抗えないわけで、俺はすぐに火球を浮かべて空気を暖める。

極寒の空気を温めながら、亜空間から取り出した防寒着へと素早く着替える。

転移する前に着替えるのが一番いいのだが、そんな暇はなかったからな。

手早く防寒着へと着替え、ラズールでの服を亜空間に収納すると一安心だ。

コリアット村の空は、徐々に日が傾いて薄暗くなりつつあった。

どんよりとした雲と雪景色を見つめながら、屋敷への一本道を歩いていく。

さっきまで見渡す限りがずっと砂の世界だったので、きちんとした道や山が見えるという事にホッとするな。

砂漠では歩けど歩けど風景がまったく変わらなかったし。

「流砂船を動かしたのと同じ要領で魔法を使えば、雪の上でもスイスイと進めそう」

そうすれば、スキーやスノボの時もすぐに傾斜の上に行けるような気がする。

まあ、そんな発見に気付くことができたのもラズール王国に行ったお陰か。

「本当はカレーに必要な香辛料を探したかったんだけどなぁ」

当初の予定としては、転移で速やかにラジェリカに到着。

そして、ラジェリカの市場をじっくりと見て回って、クミンを含む、カレーに必要な香辛料を買いあさる予定だった。

それが第二王子のサルバと護衛のシャナリアと出会ってしまったせいで、台無しになってしまった。

あのまま流れに身を任せていれば、間違いなく今日中に屋敷に帰れなかっただろうな。下手したらサルバを含む、ラズールの王族たちに囲われるかもしれなかった。

王子の目の前で行方《ゆくえ》をくらますというのも大変失礼だったが、許してもらいたい。

あのままだと、非常に面倒な未来しか見えなかったから。

香辛料を買いあさることはできなかったが、クミンを見つけて、カレー製作への可能性が提示された。それにラジェリカに転移でいつでも行けるようになった。

今日はそれらの成果があったことにひとまず満足しておこう。

ただ、当分は香辛料を探しに行くことは難しそうだな。サルバやシャナリアが俺のことを探しているかもしれないし。

彼らが忘れた頃合いを見計らって、時間をかけて気楽に探していこう。

もう、転移で移動できないなんて状況はこりごりだ。

「ただいまー」

そんな決意を抱きながら、俺はいつも通りに屋敷の扉をくぐった。

「おかえりなさい」

ちょうどエリノラ姉さんが廊下にいたらしく、そんな呑気な声が聞こえた。

視線をやると、ミルクジェラートの入ったグラスとスプーンを持っている。

暖かい屋敷の中で冷たいアイスを食べるなんて、中々の怠惰ぶりだ。

俺も冷たいものを口にしたい気分。

俺も厨房《ちゅうぼう》で貰《もら》ってこようなどと行動指針の決定を行っていると、不意に頭を叩かれた。

別に強い力ではなく軽いものであるが、それでも急にやられればビックリする。

「え？　なに？」

エリノラ姉さんの行動が意味不明なのはいつものことであるが、今日はことさら不明だった。

――今の会話で、俺が頭を叩かれる要素なんてあった？　「ただいま」と「おかえり」を言い合う、普通の家族の会話だったよね？

「髪の毛に砂が付いているわよ？　真冬なのに、どこに行ったらこんな細かい砂が付くの？」

などと疑問が頭の中を巡っていたが、エリノラ姉さんの言葉で全て吹き飛んだ。

ラズールで着ていた衣服はしっかりと着替えていたものの、髪の毛に砂漠の砂が残っていたようだ。

雪を頭に載せて帰ってきたのであれば、今の季節特に気にならないだろうが、サラサラとした砂であれば誰だっておかしいと思うだろう。何してたんだって。

「つ、土魔法の練習をしてたんだ。最近、雪が積もっていてあんま使っていなかったから鈍らないように」

うん、ラズールに行って土魔法の練習をしていたのは事実だ。全くの嘘じゃない。そう自分の心を納得させて、身体に滲《にじ》み出る違和感を努めて掻《か》き消す。

「こんな細かい砂も出せるものなの？」

「うん、普通よりもちょっとコントロールが難しいけどね」

「ふうん……アルってば魔法に関してはなんだかんだ真面目よねー」

俺の言い訳で納得してくれたのか、それともミルクジェラートが溶けるのを嫌ったのか。恐らく後者のような気がするがエリノラ姉さんは二階へと上がっていった。

視界からエリノラ姉さんが消えると、俺はホッと息を吐いた。

髪の毛の砂とは盲点だった。

「ミルクジェラートを食べたかったけど、これはお風呂に入るのが先かな」

俺は着替えを手にすると、砂をきっちりと落とし、今日の疲れを取り払うべく風呂に入ることにした。

冬ごもり

I want to enjoy slow Living

「アル、スキーしない？」

「しない」

ジャイサールでの疲労を解消するために部屋でゴロゴロしていると、エリノラ姉さんがノックをすることなく誘ってきた。

即座に断ってあげると、エリノラ姉さんは若干イラっとしたような顔をした。

「……なんで？」

「出かけたくないから」

シンプルな理由を告げると、エリノラ姉さんは不満そうにする。

「最近、よく外に遊びに行っていたじゃない」

俺がジャイサールやラジェリカに行っていたことを指しているのか。

勿論、家族には転移で出かけていたなどとは言っていない。既にトールやアスモと口裏を合わせて、外でスキーやスノボをして遊んでいた設定になっている。

「だからだよ。頻繁に外に出ていると、屋敷でゆっくりしたくなるの」

「なによそれ」

俺の言葉を聞いて、エリノラ姉さんが理解できないとでもいうような顔をする。

インドア派ではないエリノラ姉さんには、わからない感覚なのだろう。

たとえるならば、休日が二日あればどちらかは絶対に家にいたくなる感じなのだが、それもわからないか。

「とにかく、今日は屋敷でゴロゴロする日だから絶対に外に出ない」

「そう、ならいいわよ」

ベッドにある布団にくるまり、断固とした態度で主張するとエリノラ姉さんは諦めたのか部屋から出て行った。

扉に張り付いて気配を確かめると、足音が遠ざかる音がする。

「……やった。エリノラ姉さんを退けた」

ここのところ、避寒地を求めて砂漠のオアシスを見つけたり香辛料を探したりと、色々あり過ぎたからな。

将来、快適なスローライフをおくるために色々と動くことは重要だが、今ある時間をのんびりと大切に過ごすのも大事なのだ。

なにせ、七歳の冬という時間は、この先二度と訪れることはないのだから。

「さて、今日は何をしようかな……」

このまま部屋でだらだらと過ごすもよし、それか昼寝に興じるのもいいだろう。

ああ、可能性がたくさんあるということはなんと素晴らしいことだろうか。

「この自由な感じがたまらないな――いてっ！」

部屋の中でくるりと回って手を広げると、棚の上にある何かに手が当たった。

丸い小さな箱が床へと落ちる。

それは貴族のパーティーに召集されて王都に行った際に、何かに使えるかもと買った魔導具のひとつだ。

「ああ、魔導具か……」

あの時、立ち寄った魔導具の店の品は、値段こそ親切なものの発想が独特だった。

ただ回るだけのものや、ほんのりと温かくなる板、ちょっと水が出るもの。

一般的には何に使えるんだと言われるような癖のある魔導具であったが、うちではコマの加工に使ったり、コタツに使ったりとたまに役に立っている。

とはいえ、全てを有効利用できているわけでもない。何かに使えるかもと思って買ったはいいが、思っていた以上に癖が強くて使い物にならなかったり、使い道が思い浮かばずに棚に眠っているものもある。

今、棚から落ちた魔導具もそのうちの一つだった。

「これは何の魔導具だったっけ？」

買い上げた魔導具の中に危険性の高いものはないので、試しに魔力を流してみる。

すると、丸い箱についている穴から弱々しい風が噴き出た。

「ああー、これか……」

扇風機の代わりになるかもしれないと思って、買ってみた魔導具だった。

想像以上に噴き出る風の力が弱くてしまい込んだんだった。

このまま放置するのも勿体ないので、何か使い道はないものだろうか。

風で涼をとるには風力が弱いしな。

でも、今は冬なので、涼をとる必要はないな。涼をとるために使うという発想から外した方がいい気がする。

魔導具を見つめながらしばらく考えてみる。

「うーん……」

面白い使い方はないだろうかと色々と思考していると、俺の部屋の扉が開いた。

何事かと思って視線を向けると、エリノラ姉さんが飲み物とお菓子を持って部屋に入ってきた。

「なにしにきたの？」

「アルの部屋の方が暖かいから、ここで過ごそうと思って」

「そう」

俺の部屋では常に火球が浮いており、部屋の温度が快適に保たれている。

夏や冬になると、このように家族の誰かが部屋にやってきてくつろぐことも珍しくない。というかもう慣れた。

無理矢理外に連れ出そうとするわけでもなく、部屋で家族が大人しくしている分には文句はない。特に集中した作業をしているわけでもないし。

「それなに？」

エリノラ姉さんはおもむろに腰を下ろすと尋ねてきた。

「王都で買った魔導具だよ」

「へー、ちょっと使ってもいい？」

「いいよ」

魔導具を手渡すと、エリノラ姉さんが魔力を込める。

すると、魔導具がシューッと緩やかな風を出した。

エリノラ姉さんは魔力を込めるのをやめると、微妙な顔をする。

「……これ何に使うの？」

「それを今考えているところ」

「使い道も考えてないのに何で買ったのよ？」

「そ、その時は何かに使えると思ったんだ」

エリノラ姉さんのド正論に思わず口ごもってしまう。

あの時は扇風機として使えると思ったんだ。

でも、今思えば明らかに風力が足りていないので、扇風機として代用はできないな。

なんでそれくらいわからなかったんだろう？　はじめて魔導具の店に行って高揚していたのだろうか。

「まあ、買っちゃったものに文句を言っても仕方がないよ。それよりもちゃんとした使い道を考える方が建設的だね」

「使い道があればだけど」

スキーの誘いを断ったからだろうか、エリノラ姉さんの反応がどことなく冷たい気がする。

部屋の中ではエリノラ姉さんがグラスを傾ける音がする。

氷が入っているのか傾ける度にカラッと涼しげな音が鳴る。

暖かい部屋で冷たい飲み物を飲むなんていいじゃん。氷の音がなんともいえない風情を――なんて思っていると閃いた。

この魔導具にも使い道があるのだと。

俺は棚の中にある箱を漁る振りをして、亜空間からガラスの箱を取り出した。

収穫祭の時に、小魚をとったら飼おうと思って水槽にできそうなものを用意していた。

結局は飼う事はせず、亜空間の肥やしになっていた。

そこに水魔法で水を入れていく。

「……なにしてんの？」

「ちょっと面白い使い道を思いついてね」

エリノラ姉さんが怪訝な表情をする中、俺は水槽もどきの七割くらいまで水を入れた。

そして、魔力をしっかりと込めた魔導具を水槽に沈める。

水の中に入れてもきちんと作動するだろうか？

ちょっと不安に思っていたが魔導具はきちんと作動して、水の中に風を吹き込み始めた。

水の中で空気が放出されれば、泡が噴き出る。

そう、まるで水が沸騰しているかのようにポコポコと。

「おー、できた！」

「……なにが？」

感動している俺とは正反対の、エリノラ姉さんの冷めた言葉。

「そんなの見たらわかるじゃん」

「見てもちっともわからないから聞いてるんじゃないの」

目の前にしっかりと完成品があるというのにわからないというのか。

「ちゃんと見るのは大事だって、エリノラ姉さんも剣の稽古で言ってる癖に」

「もしかして、何か魔法的な要素でも加わっているの？」

などと言ってみると、エリノラ姉さんが見当違いなことを言い出した。

「もっとあるがままを見なよ」

「あるがまま？　泡が噴いてるだけじゃない」

「そう、その通りだよ――いたっ！　なんで叩いたの？」

「バカにしてるの？　ちゃんと何ができたか言いなさいよ」

懇切丁寧に説明してあげているというのに訳がわからない。

「だから、さっきから言ってるじゃん。泡が噴き出してるって」

「で？」

ここまで言っても伝わらないというのか。

これ以上言葉にするのは野暮ってもんだというのに。

「噴き出す泡を眺めて聴いて楽しむ」

そう、これが俺の閃いたこの魔導具の使い方だ。

風で涼をとるには出力が足りない。かといって他にロクな使い方がないわけで。

エリノラ姉さんのグラスにある氷の音を聞いて閃いた。

部屋の中で聴くことで、リラックスするような物を作ろうと。

こうして泡が噴き出る音は聞いていて心地がいい。それにポコポコと変幻自在の泡が出てくるのは見ているだけでも楽しい。

暇な時にボーっとしながら眺めるのに一番じゃないか。

「…………」

「…………」

「…………で？」

「いやいやいや、おかしい。今ちゃんと言ったよね⁉」

「ふざけないでよ！　噴き出す泡を見るって何よ！」

「そのままだよ！　流れる水の音を楽しむのと同じ！　今回は魔導具を使って部屋の中でも噴き出す泡の音を聴いたり見たりして、楽しめるようにしたんだ！」

「こんなもの眺めて何が楽しいのよ……」

などと言いながらエリノラ姉さんは水槽を眺める。

ボーっと視線を固定して噴き出す泡を見つめている。

部屋の中ではポコポコと気持ちのいいまでに泡の噴き出す音がしている。

それ以外の音はせず、その音だけに空気が支配されていた。

「…………」

「……とか言いながら、もう三分は眺めてるよ」

「うえっ？　べ、別に眺めてなんかないから！　水の音がうるさいから他の部屋に移る！」

肩を叩いてあげると、エリノラ姉さんは正気に戻り、少し戸惑った様子ながらも部屋を出て行った。

俺はそれを見送ると、再び視線を水槽に戻す。

泡の噴き出る音が実に心地よかった。

◆

真冬になってからは、朝食を食べ終わった後にリビングで温かいロイヤルフィードを口にしながら談笑をするのがスロウレット家の日課だ。

「母さん、何で屋敷の中でも靴履いてるの？」

チビチビと紅茶に口をつけていると、エリノラ姉さんが突拍子もなく尋ねた。

視線をやると、エルナ母さんの足は靴に包まれていた。勿論、外履き用ではなく、内履き用のもの。

我が家ではスリッパが導入されてから、基本的に皆がスリッパで過ごしている。

何故ならばすぐに着脱できて、足を締め付けられることのないスリッパが楽だからだ。

今となっては家族だけでなく使用人や客人にまで使われる日用品である。

エルナ母さんもこよなく愛していた一品ということもあり、急に靴に戻っているのは変だ。

これはおかしい。

「本当だ」

「どうしたんだい、エルナ？」

「最近は寒さがきつくなって。スリッパじゃ足が冷えてしまうのよ」

ロングドレスとタイツに包まれた足を少しさすりながら言うエルナ母さん。

「ああー、確かに。この季節は足の冷たさがキツいよね。僕も座って本を読んでいると、足がむくんじゃって」

「そうよね」

シルヴィオ兄さんの言葉に強く頷くエルナ母さん。

どうやらこの二人には共感できるものがあるらしい。

「スリッパは冬用になってるけど、それでもダメ？」

勿論、こうなることを見越して備えはしていた。

スリッパに使う布の量を増やしたり、内側に暖かい毛皮を入れてみたり。きちんと気候に適した冬用スリッパを作っているのだ。

「それでもダメなんだ」

「靴下を重ねて履いても冷えるわよね」

シルヴィオ兄さんはともかく、エルナ母さんは年のせいで新陳代謝が悪くなって――などと脳裏をよぎった瞬間、リビングの体感温度が下がった気がした。

エルナ母さんを見ると、怖いくらい綺麗な笑みを浮かべている。

「アル？　何か失礼なこと考えてないかしら？」

「め、滅相もございません。とりあえず、コタツにでも入りませんか？　あっちは温かいですよ」

「……それもそうね」

みんなで一緒にコタツへ移動する。

エルナ母さんは内靴を脱ぐと、真っ先に足先をコタツの中に入れた。

「はぁ……やっぱりコタツの中は温かいわね」

「エルナ母さんもサイキックが使えたら、コタツにこもったまま移動できるのね」

「ええ、まったく――って、私はアルみたいな怠惰なことはしないわ」

いや、今「まったくよ」って言おうとしていたよね？

その口ぶりからエルナ母さんもそうできればいいと絶対思っていたはずだ。

釈然としないながらもコタツに入った俺であるが、温かさを享受するとそんなことはどうでもいいと思えた。

それほどコタツの温かさというものは素晴らしい。

今日はもうずっとここから出たくないや。

などとのんびり思っていると、不意に足をワシワシと揉《も》まれるような感覚。

ごそごそと動いているのはエリノラ姉さんだ。

彼女は俺の足だけでなく、自分の足やシルヴィオ兄さんの足まで触っている。

「どうしたのエリノラ姉さん？」

「確かにシルヴィオの足がむくんでるわね。一体、どうして？」

どうやらシルヴィオ兄さんの足が俺達に比べてむくんでしまっているのが気になるらしい。

「寒いと血管が縮こまるから、血液の巡りが悪くなって足がむくむんだよ」

「ふうん、足がむくむのは重要な血管が多いからってわけね？」

「おかしい。エリノラ姉さんなのに察しがいい。なんでだ？」

「最近、思うんだけどアルってあたしをバカにし過ぎじゃない？」

「いだだだだだ！　足の変なツボ押さないで！」

ムッとしたエリノラ姉さんが俺の足を指で刺激してくる。

ツボだかなんだかわからないけど、足の奥にズンと響いてくるようでやけに痛い。なんだこれ？

俺が一通り悶絶すると溜飲《りゅういん》を下げたのか、エリノラ姉さんは指を離してくれた。

自分で軽く押してみるも痛くはない。

エリノラ姉さんにしかわからないツボというやつか？

「にしても不思議だ」

「人体や魔物の構造を把握するのも、騎士として必要な知識だから」

「ああ、納得した」

戦闘に役立つことであれば、知識をスポンジみたいに吸収していくのがエリノラ姉さん。その吸収力の高さを他の分野でも発揮できれば、エルナ母さん達も頭を悩ませないのにな。

「でも、足のむくみってどうすれば改善できるわけ？」

「簡単だよ。温かくすればいいんだ。コタツで温めるのもいいけど、一番効果的なのはお風呂に入ることだね」

そうすれば寒さで縮こまっていた血管が拡張されて、血の巡りが良くなる。

「足がむくむからって、いちいちお風呂に入るのは面倒ね」

「ええ？　そんなに面倒？」

別にお風呂なんて毎日入るものだ。何度も入るからといって、嫌なものでもないと思うが。

「あはは、アルはお風呂が大好きだからね」

「それに色々と準備のかかる女性にとって、何度もお風呂に入るのは手間なのよ」

苦笑いするシルヴィオ兄さんと、悩ましそうに言うエルナ母さん。

あー、家族でも毎日のように入るのは俺だけだったな。

それに女性は化粧だってあるし、長い髪を乾かさないといけない。

男性のようにサッと入って、サッと出られるわけもないか。これについては反省だ。

「だったら、足湯なんてどう？」

「足湯っていうと、足だけお湯に入れるってことかい？」

俺の提案にノルド父さんが少し前のめりになる。

「うん、それだけで十分に足は温まってむくみは解消されるはずだし」

「へー、それなら気軽に入れそうだね」

「うん、それに血行が良くなると代謝が良くなって、太りにくくなるし」

「すぐに入りましょう！　――コホン、面倒も少ないのであれば、入るほかはないわね」

思わずコタツから出て立ち上がったエルナ母さんだったが、咳《せき》ばらいをすると楚々《そそ》として言い直した。

むくみ以外のキーワードに惹《ひ》かれたのは紛れもないが、そこを突くとどんな恐ろしい目に遭うかわからないので口をつぐんだ。

「それじゃあ、浴場に向かおうか」

「ええ、行きましょう」

浴場に向かおうと、エルナ母さんだけでなく他の皆もぞろぞろと付いてくる。

どうやら皆足湯に入る気満々のようだ。

「サーラ、悪いけど皆の分のタオルと水だけ用意してくれる？」

「かしこまりました」

リビングに控えていたサーラに頼むと、恭しく礼をして部屋を出て行った。

足湯だけとはいえ水分補給は大切だ。

それに出るときは濡れた足を拭く必要があるからね。

脱衣所で靴下を脱ぐと、俺達は服を脱がずにそのまま浴場に入る。

「なんだか家族全員で浴場に入るっていうのは新鮮だね」

「エリノラ達が小さかった頃以来かしら？　とはいっても、今日は湯船に浸かるわけではないけど」

ノルド父さんとエルナ母さんが和やかに笑う。

確かに家族全員で浴場に入るなんてことはないな。

俺が今よりも小さな頃でも、エリノラ姉さんは自立した年ごろでもあったし。

浴場はメイド達が清掃してくれているので、いつもピカピカだ。

軽く水魔法で洗い流すと、魔導具で湯船にお湯を溜める。

そして、ふくらはぎくらいの高さまで溜まったら魔導具を止める。

しっかりと腰かけられるように土魔法で作った長い板を設置すると完成だ。

「できた。これでゆっくりと足湯に入れるよ」

試しに足を入れてみると、ちょうどいい温度だ。

あまり熱すぎると、ゆっくりと足をほぐすこともできないからね。

俺が板に腰かけると、皆も続々と入ってくる。

「あら、気持ちがいいわね」

ドレスをたくし上げながら入り、腰かけるエルナ母さん。

「こうして足を入れるだけでも十分気持ちがいいね」

「うん」

ノルド父さんやシルヴィオ兄さんもほっこりとしている様子。

そうそう、この足だけというのが気軽でいいんだよな。

しっかりと足を温めると、血の巡りがよくなって身体もスッキリとする。

なんだかボーっとしてしまう朝は、足湯に入って身体を覚醒させるのもアリだな。

「これ、どれくらい入っていればいいの？」

「十五分から二十分くらいかな」

俺はタイマー代わりとして砂時計を置いておく。

「結構長いわね」

そりゃ、それなりに温めないとね。あまり長時間浸かっていると疲れてしまうが、それくらい入らないと意味がない。

「失礼いたします。アルフリート様、タオルとお水をお持ちしました」

温かなお湯を堪能《たんのう》していると脱衣所の方からサーラの声がした。

「ありがとう！　そこに置いておいて」

「かしこまりました」

「せっかくだからサーラも入っていきなさいな」

「いいえ、皆さんのご入浴をお邪魔するわけには……」

「サーラも足が冷えるって言っていたじゃない。足のむくみに効くみたいよ？」

「……では、お言葉に甘えて」

エルナ母さんが手招きすると、遠慮がちだったサーラがストッキングを脱いでおずおずと入ってきた。

お湯の温度を確かめるように足先を入れると、そのままゆっくりと足を沈めて腰掛に座った。

「んっ」

サーラの顔がみるみるうちに柔らかなものに変わる。

そんな様子が面白くて俺達は思わず笑ってしまう。

「な、なんです？」

「いいえ、気持ち良さそうだと思ってね」

「これは、その……いいものですね」

エルナ母さんにクスリと笑われながら言われ、サーラはほんのりと顔を赤くした。

これはお湯で温まって赤くなったわけではないだろうな。

「なんだか身体がポカポカしてきたわね」

「それに足の強張りもなくなった気がする」

「身体が温まってきた証拠だよ」

十分も経過すると、足が温まってきたのかエルナ母さんとシルヴィオ兄さんの額にほんのりと汗が出ていた。

血行の巡りが良くなって新陳代謝が上がっているのだろう。

「……熱い」

「足が熱くなってきたのはわかるけど、俺の太ももに乗せないでくれる？」

エリノラ姉さんの健康的な足が俺の太ももに乗っている。

勿論、お湯で濡れているので太ももがびちゃびちゃだ。エリノラ姉さんは代謝がよほどいいのか、足もかなり温かくなっている。

「こしょこしょこしょ」

「えっ、ひゃっ、きゃはは！　やめて！」

乗せられた足をくすぐってやると、エリノラ姉さんは足をバタバタさせてお湯に戻した。

撃退完了だ。

「よくもやってくれたわね！」

「ちょっとエリノラ。ここで暴れるのは無しよ」

立ち直ったエリノラ姉さんはすぐに反撃しようとするが、エルナ母さんにピシャリと止められた。

ふふふ、エルナ母さんはスロウレットの名を冠する者の行動を縛る能力があるんだよ。

この場でエルナ母さんに貢献している俺は、しっかりと庇護下にあるのだった。

「そういえば、エリノラ。最近は勉強の方はどうなんだい？」

「え？　あの、それは……」

「ちゃんと自分で言いなさい」

ノルド父さんに勉強のことを切り出されてしどろもどろになるエリノラ姉さん。

エルナ母さんもそれに加わりつつ、なんてことのない会話が始まる。のんびりと足湯に浸かりながら。

足を温める以上、他にやることがないので必然的に会話が暇つぶしとなる。

普段とは違ったコミュニケーションの場となって中々いいものだな。

「冷えていた足が温まってとてもいいですね」

「気に入ってくれたなら休憩時間に入るのもアリだね」

「次はミーナやメルさんも誘って、そうしてみようかと思います」

うちの女性は結構冷え性が多かった気がするしな。浴場なんて一日中使うものでもないし、休憩時間にでも使ってほしいな。

サーラ達は普段からとても頑張ってくれているのだし。

「入る前に比べて足に赤みが増してきた気がするわ」

「そろそろ二十分くらい経っているし十分だね」

喋《しゃべ》っているといつの間にか砂時計の砂がすっかりと落ちていて二十分が経過していた。

あんまり入り過ぎるのも良くないので、俺達はぞろぞろと湯船から上がることにする。

しっかりとタオルで足を拭って脱衣所へ向かう。

「うわっ、足が軽い！」

「なんだかとてもスッキリとした気がするわ」

足湯に浸かっていたからだろう、俺達の足はすっかりと軽くなっていた。

別に俺はむくみがあったわけではないが、それでも血流に僅かな淀《よど》みがあったのかもしれない。しかし、今は羽毛のように足が軽かった。

「皆で入る足湯ってのも楽しいものだね。また明日も入ってみようか」

「ええ」

「うん」

ノルド父さんの柔らかな声にエルナ母さんとシルヴィオ兄さんだけでなく、俺とエリノラ姉さんも頷くのであった。

魔物の出現!?

「これでどうかな？」

スライムを火魔法で軽く温めた俺は、そのまま専用の皮を被せて枕にしてみる。

「……うん、これくらいがちょうどいいや」

スライムは冬になると、寒さで若干硬くなってしまう。

だから、こうやって魔法で温めてあげないとちょうどいい硬さにならないのだ。

まあ、他の人からすれば、温めなくてもちょうどいいかもしれないが俺の理想としてはちょっと温めたくらいがちょうどいいのだ。

スライムがほんのりと熱を持っていて首元が温かく、とても気持ちがいい。

このまま二度寝に入ってしまおう。

などと目を瞑っていると、階下から騒がしい気配がする。

足音のリズム的にエリノラ姉さんでも使用人でもない。

「おーい、アル！　入っていいか？」

そんな風に不思議に思うのも一瞬、気配の主は扉を勢いよく開けて入ってきた。

「いや、返事する前に入ってきてるじゃん。というか、どうしたのルンバ？」

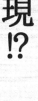

エリノラ姉さんならともかく、ルンバがこんな風に入ってくることはほとんどない。

どうも忙しそうであるが何が起こったんだ？

「村の近くで魔物が出た！」

「………………」

ルンバの要件を聞いて思わず固まってしまう。

「いや、それを俺に言ってどうするの？」

「……なんだ、冷静だな？」

「強い魔物が出ても、エリノラ姉さんか、我が家の生きる伝説のドラゴンスレイヤー様を派遣すれば済む話だから」

コリアット村の近くに魔物がたまに現れるのは知っているが、この二人が出動すれば万事解決だ。仮にドラゴンが現れたとしても、俺はそこまで危機感を抱いたりしないだろう。

目の前にはルンバだっているし、料理人のバルトロだって元冒険者で戦える。それに魔法使いのエルナ母さんもいるし。

「それもそうだが、つまらねえな。アルの慌てるところを見たかったのによぉ」

「子供の悪戯か」

ルンバの種明かしに思わず突っ込んでしまう。トール並の悪戯だった。

「それで本当の用事はなんなの？」

「いや、魔物が出たのは変わりねえ」

「予想よりも数が多かったから応援が欲しいとか？　それならノルド父さんが執務室に――」

「ビッグスライムが出た！」

ノルド父さんに振ろうとした俺であるが、ルンバの一言を聞いて目を見開いた。

「本当？」

「ああ、本当だぜ」

ビッグスライム。体長一メートルを越える巨大なスライムだ。

スライムの進化体や集合体と言われており、詳しい生態系はわかっていない。

ただスライムよりも打撃が効きにくく、かといって貪欲に人を襲うような危険な魔物でもない。

普通ならそれがどうしたと言われるような価値のない魔物であるが、うちでは違う。

そう、ビッグスライムは我が家の新たなクッションになれる可能性のある魔物なのだ。

小さなスライムでこの心地よさ。ビッグスライムの大きさと弾力を活《い》かせば、どのようなスライムクッションができてしまうのやら。

「ビッグスライムはどこにいるの？」

「東の山でエリノラ達が見張ってる」

そういえば、今日は自警団と一緒に山の見回りに行くとエリノラ姉さんが言っていたな。きっと、その途中で発見したのだろう。

「よし、捕まえに行こう！」

「…………」

俺が勇ましく言って起き上がると、ルンバが酷く驚いたような顔をする。

「どうしたの？　面食らった顔をして？」

「いや、だってビッグスライムとはいえ魔物だぜ？　魔物がいるところにアルは基本的に行かねえだろう？」

「うん、普通の魔物なら絶対に行かないね。でも、今回はビッグスライムだから」

「……エリノラもそう言っていたが、なんでビッグスライムなら行くんだ？」

どうやらエリノラ姉さんはルンバに十分な説明をしていなかったらしい。それだけエリノラ姉さんもビッグスライムに出会えて動揺してしまったのだろうか。

俺は防寒着を身に纏いながら説明する。

「ここにある枕を触ってみなよ」

「お、おお？　なんか弾力があって柔らけえな？」

「そこに入ってるの、何だと思う？」

「……もしかしてスライムか!?」

「うん、うちではスライムをクッションにして使っているんだ。そして、今度はビッグスライムをクッションにしようってわけ」

「魔物をクッションにしようと考えるとは。さすがはアル！　頭のネジがぶっ飛んでるな！」

「……なんで俺が考えた前提？」

「違うのか？」

「いや、合ってるけど……」

合っているんだけど、なんだか解せない。頭のネジがぶっ飛んでるってなんだ。害のない魔物なんだし、クッションにすることくらい普通だと思う。

「まあいいや。そんなわけでビッグスライムを捕まえるよ」

「おう！」

◆

「アル、雪のせいで結構道が埋もれてるけど進めるか？」

「大丈夫。道幅とか覚えてるし」

俺達は速やかに屋敷を出て、裏山へと向かっていた。

この辺りであれば、たまに出入りするので道は覚えている。

雪で埋もれていても、溝にハマったり小川に落ちたりするようなことはない。

ただ、それなりに雪が積もっているので非常に進みにくい。

ルンバのように足が長く、身長が高ければ問題ないが、今の俺は七歳児。

少し積もった雪でも走りづらかった。

「ちょっと邪魔な雪を退かすよ」

氷魔法を使って進路上にある雪を端に寄せていく。

ズゾゾゾッと雪が移動し、湿った地表や草が顔を出していた。

「おお、便利だなそれ！　俺ん家の屋根の雪もそれで落としてくれよ！」

「えー……まあ、マイホームも通るしやってあげるか」

「ありがとな！」

なんてやり取りをしていると、ちょうどマイホームが見えてきた。

屋根のところには白い雪がこんもりと積もっている。

土魔法で作っているので多少の雪ではビクともしないが、ルンバという住民が住んでいる以上、見過ごせないよな。ビクともしないとはいえ、傷みだってするだろうし。

いつ落ちてくるかもわからない雪を放置しておくのは危険だ。

「ほいっと」

さっきと同じように氷魔法を使って、屋根の上にある雪を落として一か所に固める。

「助かるぜ！　落としても落としてもすぐに積もっちまうからよぉ」

「あー、屋敷でもバルトロ達が毎日落としてるな」

「屋敷ならなおさら大変そうだな」

確かにあれだけの量の雪を毎日落とすのは大変そうだな。

使用人の仕事とはいえ、屋根に上るのも危ないし、帰ったら屋敷の屋根の雪も落としておいてあげようかな。

「おっ、エリノラ達が見えてきた！」

などと考えながら、ルンバに付いていくとエリノラ姉さん、エマお姉様、シーラが見えてきた。

「おーい、アルを連れてきたぜ！」

「あっ、やっときたわね」

ルンバが声をかけると、エリノラ姉さんがようやくとばかりに振り返る。

当然のごとく、ビッグスライムを必死に足止めなんて事はないようだ。

「アルフリート様、お久しぶりです」

「寒いですね～」

「久しぶり。寒いね」

というか、エマお姉様もシーラもロクに剣も構えておらず、待ち人を待っているような気安さだ。

まあ、大きいとはいえスライム。この人数で警戒するような危険性はないだろう。

「それでビッグスライムはどこ？」

「あそこにいるわよ」

エリノラ姉さんの指さした方向を見ると、そこには大きなスライムがポツンと佇《たたず》んでいる。

「あれがビッグスライム……」

見た目は特に変わったところはない。透明な水色の体をした、丸っこいゲル状の生物。

まんまスライムが大きくなった感じだった。

「被ってる雪が砂糖みたいで美味《うま》そうだな」

「あっ、それわかります～！」

ルンバの呟きにシーラが激しく首を縦に振って同意した。

確かにそれを聞くと、雪が積もっているビッグスライムが美味しそうに見えてきた。

プルンとした丸い体に白砂糖がかかっているみたいで。なんだかわらび餅を連想させる。

「特に襲いかかってはこないんだよね？」

「ええ、今のところは」

「ずーっとあそこでボーっとしていますよね～」

「まるでアルみたい」

エリノラ姉さん、最後のその例えはいるのかな?

でも、確かにあのビッグスライムはボーっとしているな。

顔なんてものはないのでどこを向いて、何をしようとしているのかまったくわからない。

エリノラ姉さん達が近くにいることは把握しているのだと思うけど、特にアクションを起こす気配もない。不思議な奴だ。

◆

「で、どうやって捕まえるんだ?」

「さあ、アルの魔法なら何とかなるかなって」

ルンバの問いにエリノラ姉さんが適当に答えた。

まあ、ビッグスライムを捕まえるにもどうしたらいいかわからないもんな。

攻撃を加えたら逃げちゃう可能性もあるし、捕獲してクッションとして迎えたい以上、こちらに敵意は持たれたくはない。

ふと、思った。この世界での魔物の捕獲なんかはどうやるんだろう?

「ねえ、ルンバ。一般的な魔物の捕獲ってどうやるの?」

「戦って勝ったら懐いてきたり、従うタイプの魔物もいるぜ。でも、それは珍しいことで狙ってやるには難しいな。温厚な魔物だったら捕獲檻《おり》に入れるだけで何とかなるが、ビッグスライムはどうなんだろなぁ……」

首を傾げるルンバ。

「氷魔法で凍らせるか？　それとも土魔法で囲ってしまうか、布でも被せてしまうか……」

色々と無力化する方法は浮かぶが、どれもしっくりとはこない。

それで持ち帰っても、敵意を抱かれたら屋敷で暴れられそうだ。そうなったらクッションとして共生することは不可能だろう。

うーん、何が正解なのかわからないな。

「ちょっと近づいてみるよ」

「おお」

あのビッグスライムが何を考えているのかわからないが、近づいてみることでわかることがあるかもしれない。

危険だけどルンバやエリノラ姉さん達も付いてきているので安全だ。いざとなったら魔法を放てばいいし。

ボーっとしているビッグスライムへと近づいていく。

距離が近くなってもビッグスライムが反応することはない。

ずっと、どこを見ているのかわからない様子で静かに佇んでいる。

そして、俺とビッグスライムの距離は一メートルになった。もはや、人と喋る時の距離と変わらない。

「……何も反応がないね」

「普通のスライムでもここまで近づけば、何かしら行動をするものだけどね」

これにはエリノラ姉さんも驚いているようだ。

自分の能力に自信があるのか、それとも全てがどうでもいいのか、あるいは諦め切っているのか。

まあ、エリノラ姉さんにルンバもいるので、諦めるような気持ちもわからなくもないな。この二人を前にしてどうこうできるような気がしないし。

とりあえず、隣に腰を下ろして並んでみる。

「…………」

それでもビッグスライムは動くことがない。

試しにその体を突いてみると、とても素晴らしい弾力があった。

「おお、すごい！　スライムでは得られない弾力感と圧倒的な質量だ」

そのままプニプニと突いてみるも嫌がることはなかった。

「本当ね。すごく気持ちいいわね」

「ずっと撫《な》でていたくなります〜」

警戒心よりも好奇心が勝ったのか、エリノラ姉さん、シーラ達も無遠慮に撫でたり、ぺちぺちと叩きはじめる。

それでもビッグスライムは動じることがなかった。

触られているという感覚すらないのだろうか。人間に触られてここまで動じないとはすごいな。考えることを放棄しているのか？

屋敷にいるスライムでも最初は撫でられるのを嫌う個体がいた。まあ、十分な餌を貰えるとわかった瞬間、嫌がることはなくなったけど。

……うん？　十分な餌？　それを先に提示してやれば、コイツは何も考えずについてきてくれるのではないだろうか？

そんな直感のような閃きが脳裏をよぎった。

ポケットの中で亜空間を開いて、そこからクッキーを取り出す。

それをビッグスライムの目の前に置くと、目にも止まらない速さで取り込んだ。

気が付けばビッグスライムの体内ではクッキーが一枚透けて見えている。

そして、ビッグスライムはまるでおねだりをするかのような視線を向けてきた。

いや、視線なんてどこにあるかわからないんだけど、そんな雰囲気を感じ――いや、違う。

コイツが待っているのは追加のクッキーなんかじゃない。もっと根本的な欲求だ。それも深く堕落的な。

だったら俺がやることは追加でクッキーをあげることなんかではなく……。

「一生養ってあげるから、うちでクッションになりなさい」

すると、ビッグスライムは体を器用に凹《へこ》ませて頷いた。

やっぱり、それが殺し文句だったか。

「ほら、やっぱりアルみたい」

エリノラ姉さんのたとえ言葉が的を得ている結果になって悔しかった。

◆

見事にビッグスライムを口説くことに成功した俺は、山を下りていく。

うちの子になれば、一生が安泰だと理解したビッグスライムは健気《けなげ》に後ろをついてきている。

スライムよりも若干移動は速いが、人間の歩く速度よりかは遥かに遅い。

シーラとエマお姉様は後ろをついてくるビッグスライムが可愛《かわい》いのか、実に和やかな表情で見守っている。

しかし、せっかちなエリノラ姉さんはイライラしている様子だった。

さすがにこの速度では日が暮れてしまうので、俺はビッグスライムを補助することにする。

土魔法で板を作る。そのまま板に誘導しようとすると、ビッグスライムは飛びつくようにそこに乗ってきた。

……うん、そうしてあげるつもりだったけど、理解が早いな。

「ああっ！　これ可愛いですね！」

「アルフリート様！　ロープ持ってるので引っ張ってあげましょうよ～」

何ともいえない気持ちになりながらサイキックを使おうとすると、シーラがそんなことを言ってきた。

犬をソリに乗せるようなテンションだろうか。

サイキックで運んだ方が遥《はる》かに楽であるが、シーラが強く望んでいるので板に穴を開けてあげる。

するると、シーラが手早くロープを通してみせた。

「よーし、これで出発――って、意外と重い～！」

結んだロープを手にして進もうとしたシーラであるが、進みは僅かなものであった。

スライムって意外と質量があるからな。これだけの大きさになると結構重いんだろうな。

「エマも手伝って～」

「いいよ」

増援としてエマお姉様も加わると、ビッグスライムを乗せた板はするすると進みだした。

「エマは力持ちだね～」

「ちょっとそういう言い方やめてよ！　シーラがひ弱なだけだから！」

自分の腕力で進みだしたということが、乙女的に恥ずかしいのかエマお姉様が顔を赤くする。

こういう話題に男が入るとロクなことにならないと知っている俺は、特に突っ込むことはせずスルー。これが正しい処世術というものだ。

「それじゃあ、俺は一足先に帰るぜ」

ズリズリと引っ張って下山していくと、マイホームのところでルンバは帰っていった。

「エマとシーラもこの辺りでいいわよ」

「それじゃあ、お先に失礼しますね」

「お疲れ様でした～」

エリノラ姉さんの珍しく気を利かせた一言により、エマお姉様とシーラもここで解散となる。

二人の家はコリアット村なので屋敷まで来てもらうのも悪いしな。

「エリノラ姉さん、引っ張る？」

「あたしはいい」

エリノラ姉さんは特に引っ張りたくないらしいので、ここからはサイキックでビッグスライムを浮かせて屋敷へと戻る。

程なくすると俺達は屋敷へとたどり着いた。

玄関に向かうと、ちょうどサーラとミーナが出てきた。

出迎えというより、何か外に用事があったのだろう。

「あっ！　エリノラ様、アルフリート様、お帰りなさ——なんですかそれ？」

出迎えの言葉をかけようとしたミーナが驚きの表情を浮かべる。

サーラも目を瞬《しばた》かせて呆然としているみたい。

一メートルを越えるスライムを急に持ってきたら驚くよね。

「ビッグスライムだよ。さっき森で捕まえてきたんだ」

「だ、だだ、大丈夫なんですか？」

「大丈夫大丈夫。大人しいから。屋敷にいるスライムと一緒だよ」

スライムのお世話はたまにミーナ達もやってくれている。ちょっとサイズが違うだけで、いつもと変わりはないさ。

「いえ、さすがにこのサイズになるとノルド様の許可が必要な気が……」

「えー、そう？」

「私、お呼びしてきます！」

俺がごねる前に、屋敷の中に引っ込んでしまうミーナ。

さすがにビッグスライム程度なら問題ないと思うけどね。

「そういえば、出かける用意をしていたみたいだけどサーラ達は何をしようとしていたの？」

ノルド父さんが来るまでジッと待っているのも退屈だし、サーラ達が仕事の途中であれば、引き止めるのも申し訳ない。

「屋根に雪が積もっていましたので落とそうかと」

サーラに言われ、玄関から離れて見上げてみると、それなりに雪が積もっている様子。

「あー、それなら俺が落とすよ」

こんな寒い日に、広い屋根に積もっている雪を落としてもらうのも大変だ。

マイホームでやった時と同じように氷魔法で、雪をザザザーッと落としてしまう。

「ありがとうございます。大変助かります」

「雪は中庭に積んでおくね」

「やめなさいよ。稽古ができなくなるでしょ」

などと言っていると、エリノラ姉さんに軽く小突かれた。

くそ、自然に稽古を中止にさせる完璧な計画だったのに。

最適化されるクッション

I want to enjoy slow Living

屋根の雪を魔法で落とし終わった頃。

ノルド父さんだけでなく、エルナ母さんも玄関にやってきた。

ノルド父さんは玄関で鎮座しているビッグスライムを見るとため息を吐いた。

まるで、考え無しに捨て猫を拾ってきた子供を見るような視線だ。

「……アル、ビッグスライムなんて捕まえてきてどうするんだい？」

「そんなの決まってるじゃん。クッションにするんだよ」

「屋敷にいる普通のスライムじゃダメなのかい？」

「あー、ノルド父さんってば、普段からスライムクッションを使っておきながらそんなこと言うんだ！」

「いや、必要ないって言ってるわけじゃないよ？　ただ、普通のスライムだけでいいんじゃないかなーって」

言い方をマイルドにしているだけで意味は同じだと思う。

「少なくとも俺達には必要だよ。ねえ、エリノラ姉さん」

「うん、ビッグスライムのクッションとか気持ち良さそう」

俺がそう言うと、素直に頷いてくれるエリノラ姉さん。

普段からスライムクッションを愛用しているだけあってか、今回についてはエリノラ姉さんも味方だ。

敵に回ると、それなりに面倒な姉であるが、味方にいると頼もしい限り。

「とはいえ、さすがにこの大きさの魔物を屋敷に入れるのは……エルナ、君からも言ってやってくれよ」

「私はいいと思うわ」

「エルナ⁉」

エルナ母さんの言葉に思わず目を剥くノルド父さん。

見通しが甘かったね。エルナ母さんは間違いなくこちら側。

何せビッグスライムによるスライムソファー計画を考え付いたのは、他でもないエルナ母さんなのだから。

玄関でビッグスライムを見た時、目を輝かせていたからこうなると確信していた。

「ビッグスライムもそれほど危険はないし、見たところすごく大人しい個体じゃない。しばらく、別室で様子を見て問題なかったら飼ってあげるのはどうかしら？」

「ま、まあ、しばらく様子見をするなら……」

そして、エルナ母さんに甘いノルド父さんが、強い反対意見を言えることもなく、渋々といった形でビッグスライムの入室を認めてくれた。

すんなりと認めるのではなく、しっかりと落としどころを模索して提案するとは、さすがはエルナ母さんだ。これなら親としての威厳も損なうこともないだろう。

「やったね」

軽く瞬《まばた》きを送ると、エルナ母さんが瞬きで返事した。

便宜を図ってもらったんだ。ソファーを完成させたら、しっかりと座らせてあげないとな。

「サーラ、タオルをお願いできる？」

「すぐにお持ちします」

ビッグスライムの体は見たところ綺麗であるが、外にいたので軽く拭っておかないとな。

サーラにタオルを持ってきてもらうと、玄関に入れる前にビッグスライムを拭う。

若干の水分や雪がついていただけで、特に汚れがついている様子はなかった。

「危険が少ないとはいえ魔物だから、くれぐれも気を付けるんだよ」

「はーい」

執務室に戻るノルド父さんの言葉に返事して、俺とエリノラ姉さんはビッグスライムを連れて二階へと上がる。

「母さんが味方してくれると、父さんもチョロいわね」

「まあ、ビッグスライムをソファーにするって発案したのはエルナ母さんだしね。自分で否定することはできないよ」

きっと世の中っていうのは、こういう立ち回りが大事なんだろうな。

しみじみとそう思いながら、俺は自室へと入る。

エリノラ姉さんだけでなく、ビッグスライムも当然のように入ってきた。

知らない場所に連れてこられたというのに戸惑う様子は一切ない。豪胆な奴だ。

「それで、どうやってソファーにするの？」

「他のスライムと同様、アクアハウンドの革を被ってもらうだけだよ」

「それだけでいいの？」

「後は人の重みを受けて、ビッグスライムが最適な形になってくれるから」

それがスライムクッションの素晴らしさ。どれほど高級なソファーやイスを用意しても、その人にとって合わなければ意味がない。

高級なソファーが、自分の身体にピッタリな安物に負けることだってあり得ることなのだ。

それを回避するためにも自分に合うものを必死になって探す、あるいはオーダーメイドしてしまうのが常なのであるが、スライムならそうする必要はない。

何故ならば、スライムの体は変幻自在。俺達の体重をフィットするように受け止めてくれるからだ。

自分の体型へと瞬時に最適化してくれるソファー。しかも、形の切り替えも瞬時に可能。これほど素晴らしいクッションはこの世界にはないだろうな。

「革に入れるのはわかったけど、こんなに大きいのが入るの？」

「こういう時のために、ちゃんと大きいのをトリーに貰っておいたんだよ」

俺はクローゼットを引き開け、ハンガーに吊《つ》るしてあるアクアハウンドの革を取り出した。

ビッグスライムを入れようと思っていたわけではないが、大量にスライムをクッション化しようと思っていたので革は大量に保管してあるのだ。

「……こういうことに関しては抜け目がないわね」

「準備がいいって言ってよ。それより、ビッグスライムを入れるのを手伝って」

アクアハウンドの革をエリノラ姉さんにも持ってもらって、大きく広げる。

「よし、ここに入っておいで」

「…………」

革を広げてそう言ってみるも、ビッグスライムが動くことはない。

試しにクッキーを入れると、ビッグスライムは喜んで中に入ってきたので、その隙に二人で革を被せる。残念な奴め。

ビッグスライムはクッキーを消化することに専念しているのか、革を被せられようが動じることはない。これは普通のスライムと特に変わらないな。

その隙に俺は裁縫道具を取り出して、チクチクと革を縫い上げていく。

そして、最後に紐《ひも》で縛って、簡単に着脱できるようにすると……。

「よし、ビッグスライムクッションの完成！」

俺は早速、ビッグスライムへと腰かける。

俺の体重を受けて、ゲル状のスライムの体がするするっと沈んでいった。

「――あっ！　これは！」

「これはどうなの？」

エリノラ姉さんが覗き込んで声を上げるが、どこか遠い。

……なんだこれ。これでもそれなりの数のソファーやイス、ベッドに座ってきた俺だが、ビッグスライムのクッションには言葉が出ない。

弾力のあるビッグスライムの体が全方向から俺の体重を包み込んでいる。それらは今までのイスやソファーの比ではない。

徐々に腕や足も沈みこんでいき、ビッグスライムの形状が俺の身体にフィットしていく。

ああ、なんという心地よさだろうか。身だけでなく、心まで受け止めてもらえているかのような幸福感に包まれる。

誰かに包んでもらえる。守ってもらえている。安心感が半端ない。

バランスをとる必要もなく、姿勢を変える必要もない。だって、ビッグスライムが全てを受け止めてくれて最適化しているのだから。

そう、俺は何もする必要がないのだ。ああ、もう全てがどうでもいい。ずっとここでこうしていたい。

「うわっと⁉」

のほほんとしていると、突如身体に衝撃が走る。

慌てて状況を把握すると、どうやらエリノラ姉さんが俺を降ろしたらしい。

「ちょっともう少し堪能させてくれてもいいじゃん」

「いや、十五分も待ったんだけど？」

「……え？　もう十五分も経ったの？」

「ええ」

俺の言葉にしっかりとエリノラ姉さんが頷く。

嘘でしょ？　俺の感覚ではついさっき腰かけたっていう感覚だったんだけど。

明らかに時間が飛んでいる。

「寝るでもないし、あたしの声に反応せず、ずっと虚空を見つめていたわ」

何それ、ただのヤバい奴じゃん。

「次、エリノラ姉さんも座ってみなよ」

座っている時のことはとにかく心地よかったとしか覚えていない。一度、エリノラ姉さんが腰かける姿を第三者的に見てみたい。

「……さっきのアルの状態を見ると、座るのが怖くなってきたんだけど……」

「大丈夫大丈夫。すぐに気持ちよくなれるさ」

基本的に強がりなエリノラ姉さんが怖気《おじけ》づくとはヤバいな。それでも他者の使用感が気になるので、エリノラ姉さんに勧めてみる。

「やっぱりやめておくわ。アルみたいな無様な顔をしたくない――」

「はい、どーん」

「わっ⁉」

らしくない様子を見せるエリノラ姉さんの背中を押すと、彼女はビッグスライムへとうつ伏せに倒れ込んだ。

「ちょっとアルぅ――」

突き飛ばされたことへの文句を言おうとしたエリノラ姉さんであるが、その言葉は途切れることになった。

どうやらビッグスライムの体が、エリノラ姉さんの体に最適化したらしい。

それにつれ、エリノラ姉さんの表情がどんどんと蕩《とろ》けていく。

キリッとした瞳は垂れ下がり、虹彩が薄れて力強さを失っていく。引き結ばれた唇もどんどんと下がっていった。

「ああ……エリノラ姉さんの顔が大変なことに……ッ！」

私生活はどちらかというとしっかりしていないエリノラ姉さんであるが、最早だらしないとかいう次元を越えている。

姉として、女性として――いや、人としてちょっと浮かべちゃいけない類《たぐい》の表情だ。

それくらい今のエリノラ姉さんの顔はだらしがなかった。

「えへへ……あー、気持ちいい」

おそるおそる近づいてみると、エリノラ姉さんは視線を壁に向けながらそんなことをうわ言のように呟いている。

指で頬を突いてみるも全く反応しない。

「エリノラ姉さんでこれとは確かにヤバいな」

俺もこんな風になっていたんだろうか？　十五分も放置したことにビックリであるが、無理矢理降ろされたのも納得できる事だった。

ビッグスライムのクッション……俺達はとんでもない発明をしてしまったかもしれないな。

かつてない程だらしない顔を浮かべるエリノラ姉さんを見て、戦慄を抱く俺だった。

◆

「あー……」

ビッグスライムのクッションに埋もれたエリノラ姉さんが、だらしない顔でだらしない声を上げている。

ビッグスライムに埋もれて三十分ほど経過しただろうか。

それでもエリノラ姉さんが自らの意識でクッションから出ることはなかった。

いや、出られないんだろうな。

あそこに埋もれていると、自ら姿勢を制御する必要もない。柔らかな弾力に全てが包まれているだけでいいのだ。何もする必要もなく、それだけで居心地が最高。

並の精神力では抗うことはできないだろうな。

きっと、エリノラ姉さんも俺が味わった幸福感を味わっているに違いない。本人はもう三十分も経過したなんて気付いていないだろうな。

一体、いつになったら本人の力で起き上がれるんだろうな。

埋もれているエリノラ姉さんを観察していると、不意に扉がノックされた。

「はいはい」

「アル、ビッグスライムを捕まえてクッションにしたんだって？　見てもいいかな？」

扉の奥からシルヴィオ兄さんの声がした。

どうやら誰かからビッグスライムの事を聞いたらしい。

最初は魔物であるスライムをクッションにすることに反対していたシルヴィオ兄さんであるが、今ではすっかりとその便利さを認めているようだ。現に気になってわざわざ見にくるくらいだし。

そんなシルヴィオ兄さんの変化がとても好ましいな。

「いいよー、入って入って」

「それじゃあ、お邪魔するね」

どこかの姉と違ってしっかりと返事を聞いてから入ってくるシルヴィオ兄さん。

「あっ、すごく大きいね。早速、姉さんがクッションに堪能して――ええっ!?」

ビッグスライムを見て無邪気な反応をするシルヴィオ兄さんであったが、うつ伏せになっているエリノラ姉さんを視界に入れてギョッとした。

「ア、アル！　なんかエリノラ姉さんが大変なことになってるよ!?」

どうやらエリノラ姉さんの異常に気付いたようだ。

「うん。そうだね」

「いや、そうだねって……」

「大丈夫。クッションの心地よさでそうなっているだけだから」

「ええ？　あの姉さんが、こんなだらしない顔をするほど!?」

俺の言葉に戦慄するシルヴィオ兄さん。

普段は言葉遣いも柔らかいシルヴィオ兄さんであるが、ショック故にはっきりとだらしない顔と言ってしまったほどだ。

やはり、俺の主観だけでなく、誰から見てもだらしないってわかる顔だよね。

「ね、姉さん？　大丈夫？」

心配になったのだろうシルヴィオ兄さんが、エリノラ姉さんが揺すって声をかける。

しかし、エリノラ姉さんは焦点の合っていないような目でうわ言のように「あー……」とか呟いているだけ。わかっていることは非常に心地よさそうというだけだ。

あー、口から涎《よだれ》が垂れている。アクアハウンドの革に垂れてほしくないので、しょうがなくハンカチで拭ってあげる。

「アル、姉さんは大丈夫なの？」

「俺も一回こうなったけど、心地よいだけだから害なんてないよ」

「姉さんがこんな顔になっちゃうくらいの心地よさって、一体どれくらい……」

それはもう極上の幸福感だったね。何もしないでいいって最高だ。

「どうやったら姉さんは目覚めるんだい？」

「普通にクッションから降ろしたら多分起きるよ」

「それじゃあ、起こしてあげよう！」

「ええー？　どのくらいエリノラ姉さんがこうなってるか見ておきたいんだけど」

「そんなことしたら姉さんが壊れるよ！」

いや、壊れるって大袈裟《おおげさ》な……まあ、こんな酷い顔したエリノラ姉さんを見たら心配にもなるか。

「アルも手伝って」

「しょうがないな」

二人でビッグスライムに埋もれているエリノラ姉さんを無理矢理降ろす。

「あー……はっ⁉」

すると、エリノラ姉さんが我に返ったかのように意識を取り戻した。

猫のような素早い動きで起き上がり、周囲を見回す。

先程のようなだらしのない顔は潜まり、いつものキリッとした表情に戻った。

「あ、あれ？　あたしってば、一体何して……？」

意識が覚醒してしまうと、ちょっと困ったことになるのが俺だ。

何せ、警戒するエリノラ姉さんの背中を押して、無理矢理クッションに埋もれさせてしまったのだから。

でも、記憶が混濁している今なら情報をすり替えられる可能性がある。

「何言ってるのエリノラ姉さん。ビッグスライムの感触を確かめていただけじゃん」

「あっ、そういえばビッグスライムをクッションにしてアルと一緒に確かめていたわね。座ってみたらすごく心地よかったわ」

おお、どうやら記憶の刷り込みに成功したらしい。

エリノラ姉さんが能天気にも言葉を鵜《う》呑みにしている。

やったね。これで俺が怒られることはない。

などと安心していると、後頭部に衝撃を感じた。

「いたっ⁉」

「なんて言うわけないでしょ！　アルが後ろから突き飛ばして、埋もれさせたことくらい覚えているから！」

くっそー、さすがに都合よくそこだけ忘れることはなかったか。

エリノラ姉さんの拳骨《げんこつ》回避失敗だ。

「なんだかシルヴィオまでいるけど、どれくらい時間が経ったの？」

「三十分くらいかな」

「三十分!?　嘘!?」

やはり、ビッグスライムに埋もれている間は時間の感覚が全くなかったらしい。

俺の言葉を聞いてエリノラ姉さんが酷く驚いている。

その気持ちはわかる。つい、さっき腰かけたと思ったら、いつの間にか時間が経過しているのだからな。

「とにかく、よかったよ。姉さんが元に戻って」

「元に戻ってってどういう事？」

ホッとしたシルヴィオ兄さんの呟きを聞いて、エリノラ姉さんが訝しむ。

勿論、俺は言いたくないので聞こえなかったかのようにビッグスライムを触ってるフリを装う。

「――――っ！　まさか、あたしもアルみたいな変な顔になってたわけ!?」

しかし、誠に勘のいいことにエリノラ姉さんは真実に気付いてしまったらしい。

先ほど、俺が堕落していた姿を見たからたどり着いたのだろう。自分もあんな風になっていたかもしれないと。でも、俺みたいな変な顔っていうのは余計だと思う。

「え、えっと……まあ、うん」

そして、答えなくてもいいのに答えてしまう素直な兄。

俺の部屋にいたたまれない空気が漂う。

俺はまた怒られるかもしれないと思い、いつでも逃げられるように準備を整える。

しかし、エリノラ姉さんはこちらに近づいてくることはない。

というか、シルヴィオ兄さんの方に近づいていっている。

「え、えっと、姉さん？」

「ちょっとシルヴィオ。クッションに座ってみて」

にっこりとした笑みを浮かべながら詰めるエリノラ姉さんと、恐れるように後退するシルヴィオ兄さん。

両者の位置関係は逆になり、シルヴィオ兄さんがビッグスライムのところにまでやってきてしまう。

「ええ！　嫌だよ。なんかあのクッションに座ると、人としてダメになる気が――」

「えい」

「うわっ！」

なんとか回避しようとしていたシルヴィオ兄さんであるが、エリノラ姉さんに突き飛ばされてビッグスライムに背中から埋まる形となる。

ちょっと乱暴的に座ろうが、ビッグスライムの弾力は全てを包み込む。

形を変えながらもシルヴィオ兄さんの身体を受け入れて、ピッタリと吸い付いた。

ビッグスライムによる最適化により、今このクッションは世界に一つしかないシルヴィオ兄さんだけのクッションになった。

「あぁぁっ！」

シルヴィオ兄さんのどこか恍惚《こうこつ》とした声が漏れる。

俺とエリノラ姉さんが覗き込むと、シルヴィオ兄さんはそれはもうだらしがない顔になっていた。

こうなるといくらイケメンであるシルヴィオ兄さんでも、残念な感じは拭い切れないな。

「うわっ、酷い。これに座るとこんな風になるのね……」

どうやら俺以外の第三者に腰かけさせて、自分がどんな風になっていたか把握したかったらしい。

酷いのは突き飛ばしたエリノラ姉さんの方であるが、俺も同じように突き飛ばしたので咎《とが》める資格はなかった。

「ビッグスライムクッション、恐るべしだね」

ノルド父さん堕落計画

I want to enjoy slow Living

ビッグスライムのクッションが完成した。俺とシルヴィオ兄さん、エリノラ姉さんが身をもって安全性と快適性を実感した。

「……次は便宜を図ってくれたエルナ母さんにも体験してもらうべきなんだけど……」

「説明もなしに、あんな風にされたら母さんは絶対怒るわよ？」

エリノラ姉さんの言葉にシルヴィオ兄さんも力強く頷いて同意する。

「だよねぇ。特にノルド父さんの前では絶対に醜態を見せないようにしてるからね」

それが乙女的な事情なのかよくわからないが、エルナ母さんはノルド父さんの前ではできるだけだらしない姿を見せないようにしている。

ノルド父さんの前で、だらしない顔になるのは絶対に嫌だろうな。

「大人がどうなるか実験していないし、ちょっと試してみようか」

「それもそうね」

「母さんに説明するためにも、きちんと実験はしておかないとね」

いけないことだとはわかりつつも、皆がビッグスライムに埋もれるとどうなってしまうのか気になる。

エリノラ姉さんやシルヴィオ兄さんも気になるのか、わくわくしている様子だった。

そんなわけで俺達はビッグスライムを連れて一階へと下りていく。

最初のターゲットは厨房で夕食の仕込みをしているバルトロだ。

「バルトロ、ちょっと来て」

「お、なんだ？　そろいもそろって、お腹でも空《す》いたか？」

こちらを覗き込む俺達を見て、バルトロが仕込みを中断して呑気にやってくる。

これから実験台にされるというのに。

「お？　なんだこれ？」

「ビッグスライムをクッションにしてみたんだ。感想を聞きたいからバルトロも座ってみてよ」

「結構いい感じよ！」

「あー、さっき玄関で騒いでたのはコレだったんだな。へー、どれどれ」

俺とエリノラ姉さんが無邪気にそう言うと、バルトロは何も疑うことなく腰をトろした。

「おおっ⁉」

ビッグスライムはバルトロの巨体を見事に受け止めて最適化する。

その瞬間、バルトロが力の抜けた声を上げて――そして……。

「あぁ～」

ビッグスライムに埋もれてだらしない顔を浮かべるバルトロが誕生した。

泣く子も黙るような強面《こわもて》をしているバルトロの顔がでろんでろんになっている。

「やっぱりバルトロもこうなったか」

「あはは、そうみたいだね」

予想できていた現実にシルヴィオ兄さんも苦笑い。

にしてもバルトロのこんな顔は見たことがないな。大人の尊厳もへったくれもない。

「バルトロ……さん？」

三人してバルトロのだらしない顔を見ていると、不意に後ろから声が聞こえた。

振り返るとサーラがおり、だらしない顔をしているバルトロをしっかりと目撃した模様。

あまりに普段と違うバルトロの表情を見て、かなり戸惑っているようだ。

「ビッグスライムのクッションを試してもらっているんだ。サーラも座ってみる？」

「ひっ！　い、いえ、私は普通のスライムで結構ですので。では、失礼いたします」

などと提案してみるも、サーラは怯《おび》えた顔をして退散してしまった。

「まあ、あんな顔になっているバルトロを見て、座ろうとは思う女性は中々いないわよね」

「エルナ母さんとノルド父さんを除くと、屋敷で一番美味しかったんだけどなぁ」

サーラのだらしない顔を見てみたかったのに残念だ。

現場を見られてしまったのでかなり怯えられている。今後、警戒する彼女がビッグスライムのクッションに腰かける可能性は限りなく低いだろうな。

「やっぱり、母さんでもああなっちゃうのかな？」

「「なると思う（わ）」」

首を傾げるシルヴィオ兄さんの言葉に、俺とエリノラ姉さんはしっかりと頷いた。

むしろ、怠惰的な本性を持っている、エルナ母さんだからこそ完全に堕ちかねない。

「……ねえ、父さんがどうなるか見てみたくない？」

そんな中、エリノラ姉さんが悪魔的な提案をする。

王国でドラゴンスレイヤーと呼ばれるAランク冒険者であり、スロウレット領の領主。

いつも爽やかで決して醜態を見せることのない、文武両道な俺達の父親。

そんなノルド父さんがビッグスライムのクッションに埋もれて、余裕のある表情をどのように崩すのか……正直かなり気になる。

シルヴィオ兄さんも気持ちは同じだったのか俺と顔を見合わせて、しっかりと頷いた。

「見たい！」

「じゃあ、決まりね！　父さんがいる執務室に行くわよ！」

「おお！」

こうして俺達はノルド父さんのいる執務室に突撃することになった。

◆

執務室の前にやってきた俺は、ゆっくりと扉をノックする。

「ノルド父さん、入っていい？」

「……いいよ」

ノックをして要件を端的に告げると、ノルド父さんが一拍遅れて返事をした。

俺が執務室にまともに入ることがなかったからか、なんか若干怪しまれているような気がする。

まあ、許しを得ることができたのだ。中に入ってしまえばどうとでもなるだろう。

俺、エリノラ姉さん、シルヴィオ兄さん、ビッグスライムがぞろぞろと執務室に入ってくる。

執務室は談話室のように綺麗なカーペットが敷かれ、壁際には書類や本の入った棚がいくつもあり、中央には大きな仕事机と椅子が置かれている。

そして、そこにはスロウレット家の領主たるノルド父さんが、たくさんの書類を確認しながら仕事に励んでいる様子だった。

「三人して一体どうしたんだい？」

「ビッグスライムのクッションができたから、ノルド父さんにも体験してもらおうと思って」

「そうかい。なら、後で確かめることにするよ」

そりゃ、そうか。冷静に考えれば、今は仕事中だ。やってくれば当然こうなるよね。

「ちょっとどうするのよ？　これじゃ、今すぐ座ってくれないじゃない」

「任せて。俺に考えがあるから合わせて」

エリノラ姉さんが小声で詰め寄ってくるが、やりようはある。

ノルド父さんは基本的に押しに弱い。俺達、三人がかりで言えば、仕事を中断して座ってくれるはずだ。

「まあまあ、そう言わずにちょっと座ってみてよ」

「これに座るとすっごい楽なの！」

「気持ちがいいよ」

「……三人とも妙に押しが強いね？　もしかして、何か企んでる？」

くっ、露骨に進め過ぎただろうか。ノルド父さんが訝しんでいる。

息子達がいい物を持ってきたのだから疑うことなく座ればいいものを。

だが、この程度でボロを出す俺ではない。シレッと回避して、何とかビッグスライムに座らせれば……。

「べ、別にそんなことはないわ！」

などと思考していたが、エリノラ姉さんが若干上ずった声を上げた。

もうちょっと上手く誤魔化すことはできないのか。

「なんだか怪しいね」

「クッションに腰かけてもらうだけなのに怪しい要素なんてないよ」

「普段、執務室に一切入ってこないアルがいても？」

慌ててカバーをするもノルド父さんから鋭い切り返しがくる。

これにはぐうの音も出ない。

だって執務室に入ると書類仕事とか手伝わされそうだからね。今まで立ち入らないようにしていた。

「まあまあ、父さん。一度、座ってみてよ。本当に楽になるよ？」

「シルヴィオ」

俺とエリノラ姉さんが硬直する中、動き出したのはシルヴィオ兄さん。

ノルド父さんの腕をとって立ち上がらせて、純粋無垢《むく》な息子を演じている。

信頼値の高いシルヴィオ兄さんの言葉ならノルド父さんも信じてくれるはず。

「でも、やっぱり怪しい。このクッションには何かあるよね？」

ダメだった。信頼を猜疑心《さいぎしん》が上回っている。父親の癖に息子達の言葉を疑うとは何事か。

こうなったら最終手段しかない。

俺とエリノラ姉さんはどちらともなく視線を合わせる。

言葉を交わさずとも互いにやるべきことは理解していた。腐っても俺達は姉弟。

俺はノルド父さんの注意を惹くように言葉を発しながら前に出る。それに合わせてエリノラ姉さんが死角へと移動。

「別に何もないよ。そんなに疑うなら触ってみればいいじゃん」

「うーん、ちょっと怖いけど、それなら遠慮なく……」

ノルド父さんが中腰になってビッグスライムに触ろうとした瞬間、エリノラ姉さんが死角から突進。

「残念、エリノラ。丸わかりだよ」

「うええっ⁉」

ノルド父さんを突き飛ばそうとしたエリノラ姉さんであるが、ヒラリと華麗に躱された。

突撃していたエリノラ姉さんは速度を落とすことができず、そのままビッグスライムへと自ら飛び込んだ。

「あ、あああああー……」

「気配を潜めたら、何かしますと言っているようなもの――エ、エリノラ⁉」

ビッグスライムへとダイビングしたエリノラ姉さんがだらしのない表情を浮かべた。

そして、娘のだらしのない顔を見て、父親が思わず目を見開いて二度見する。

今のエリノラ姉さんの顔は、どう見ても年ごろの娘がしていい顔じゃないからね。

「こ、これはどういうことだい？」

「さっき言ったじゃん。座るとすごく楽で気持ちがいいって」

「いや、そうだとしても度を越しているよ。エリノラがこんな顔になるなんて……」

「ノルド父さんも試しに座ってみる？」

「……………いや、やめておくよ」

残念ながらノルド父さんをハメる計画は失敗に終わった。

この後、エルナ母さんにも情報の共有をすると、苦渋の表情で「座らない」とコメントをした。

怠惰よりも女性としてのプライドが勝ったようだ。

テーブルマナー

I want to enjoy slow Living

「寒っ……」

ここのところ朝日による目覚めではなく、ヒンヤリとした空気で目覚めることが多くなった。

ベッドの外は凍《い》てつく空気が広がっており、俺の身体はベッドから離れることを拒否している。

「こういう時は二度寝するに限るね」

既に温かい空間がここにあるのだ。無理して外に出る必要はない。

寒くなった冬は二度寝をするのに最高の季節だ。

ベッドの中に顔を埋めて、俺は瞼《まぶた》を閉じることにする。

ああ、このぬくぬくとしたベッドの中の体温を感じながら、意識の境界線を揺蕩《たゆた》う感触がいい。

しばらく心地のいいまどろみを味わっていると、不意に扉がノックされた。

「アルフリート様、起床のお時間です」

静かな寝室に響き渡る凛《りん》とした女性の声。メイドのサーラだ。

起床の時間なんてものを決めた覚えはない。

それは彼女が勝手に決めた時間なのであって、素直に俺が従ってやることもない。

「入ります」

そのまま返事をせずに目を瞑っていると、サーラが合鍵を使って勝手に中に入ってきた。

俺がサイキックで扉にロックをかけて引きこもる事をやっていたからだろうか。

非常時の備えとしての合鍵をデフォルトで持ち歩くようになっている。なんという備えの良さだろうか。

いきなり侵入されてしまうという予想外の出来事が起こったわけだが、そう簡単に起きてやる俺ではない。

狸《たぬき》寝入りを決め込んでいると、サーラの手が肩に触れて揺すられる。

「アルフリート様、起きてください」

サーラに軽く揺すられた程度で起きる俺ではない。

むしろ、その振動と優しい声は俺にとって子守歌のようで意識が暗闇の方へと傾いていく。

「アルフリート様、今起きないと……」

今、起きないとどうだというのか。

「――エリノラ様がやってきます」

心地のいい子守歌が一転して、死へと誘う旋律のように聞こえた。

エリノラ姉さんという名前を出された俺は、条件反射で意識を覚醒させ身体を起き上がらせてしまう。

「おはようございます、アルフリート様」

「…………サーラ。その起こし方は反則じゃない？」

「皆さまが揃って朝食を食べるためですから」

非難するような眼差しを向けるも、サーラは涼しい顔で流した。

生存本能が全開になってアドレナリンが出たからだろうか。眠気なんてものは一瞬で吹き飛んだ。最早、二度寝をしようなんて気分にもなれない。

仕方がなく俺は寝間着から私服へと着替えることにした。

◆

ダイニングで朝食を食べ終わると、家族そろって食後のティータイムのためにリビングに移動する。

「……なんでお前が一番いいところに陣取っているんだ」

目的地にたどり着くと、そこにはまるまるとした大きなスライム。ビッグスライムが暖炉の前に陣取っていた。

特に何をするでもなく暖炉の炎を見つめるかのようにジーッと佇んでいる。

「すごいよね。バルトロが暖炉をつけると一番にやってきたみたいだよ」

「アルと同じね」

ソファーに座っているシルヴィオ兄さんとエリノラ姉さんが口々にそんなことを言う。

瞬時に居心地のいい場所を見つけるなんてやるな。まるで猫みたいだ。

スライムの分際で一番居心地のいい場所にいるとは生意気だ。

ビッグスライムなのでその上に座ってやろうかと思ったけれど、そうすると一日が無為に吹き飛ぶので止《や》めることにした。

この堕落のソファーに身を埋めるとどうなってしまうかは、先日嫌という程にわかった。

使いどころを見極めなければいけない。ああなってしまっては温かい紅茶も飲めないからな。

こちらの想定とは違って、意外と使いどころが難しいクッションになってしまったものだ。

というか屋敷にやってきて一週間しか経っていないのに馴染み過ぎだ。

最初こそ大きさに警戒していたノルド父さんも、今ではまったく気にしていない。

それに今もこうしてリビングにいても何ら違和感がない。とんでもない順応性だ。

でも、そこは俺の場所なので退いてもらおう。

そう思ってビッグスライムの体を押してみるも、意外と重いのか単に抵抗しているのか離れてくれない。

「そこは俺の特等席なんだ」

しかし、そこで素直に引き下がっては主《あるじ》としてのプライドに傷がつく。

それならばと思ってビッグスライムの体をこねて、縦に長くしてやった。

すると、ビッグスライムの体が円柱のようになる。

「よし」

どうせ体はゲル状でいくらでも変形できるのだ。このように体積を変えれば、俺も隣に座ることができる。

空いたスペースに俺は座り込むと、暖炉の炎を存分に味わう。

あー、炎の熱が気持ちいい。火球で手っ取り早く温まるのもいいけど、パチパチと弾ける薪の音を聞きながら、ゆっくりと温まるのも醍醐味というものだ。

「アルフリート様、紅茶はどうされますか？」

暖炉で身体を温めていると、サーラが尋ねてくる。

「あー、レモンティーで」

「かしこまりました」

今日はホットレモンティーを飲んで温まりたい気分だったのでそのようにリクエスト。

ワゴンの上に載っているティーセットを使って、サーラが手際よく準備する音が響く。

地面で紅茶を飲むのもどうかと思えたので、身体が温まったところでソファーに移動。

すると、円柱になっていたビッグスライムは即座に元の形に戻った。

すぐに形を戻さなかったということは、一応俺にも居場所を分けてくれる優しさはあったみたいだ。

「はい、どうぞ」

サーラがソーサーに載せたティーカップをテーブルに置いてくれたので礼を言う。

「ありがとう」

すると、サーラは上品な笑みを浮かべて壁際に控えた。

ティーカップが熱くなっている可能性があるので、ソーサーをしっかりと持ち上げながら上品にホットレモンティーに口をつける。

茶葉の風味とレモンの風味がほどよく混じり合っている。

酸味と微かな甘みがとてもよく、寝起きの身体の内側からしっかりと温めてくれる。

まさに俺好みの味。今日もサーラはいい仕事をしている。

紅茶をひとくち口にすると、ソーサーをテーブルに置く。

その時少し気が抜けていたせいだろうか、ガチャッと擦れるような音が鳴った。

それを見て対面にいるエリノラ姉さんがフッと笑った。

そして、自らの品の良さをアピールするように丁寧に持ち上げて飲み、音を鳴らさないようにテーブルに置く。

そして、渾身《こんしん》のどや顔。

しかし、弟である俺がミスって、露骨に目の前で見せびらかしてくるのは感心しない。

ちょっとムカついた俺は一策を講じることにした。

「エリノラ姉さんって、こういう所作に関しては上手いよね」

「ふふん、アルとは違って完璧よ」

予想通りよいしょすれば、ここぞとばかりに鼻を高くするエリノラ姉さん。

「待ちなさい、エリノラ。今の所作で完璧だなんて思い上がり過ぎだわ。こっちにきなさい」

そして、そんな一言を見逃さない教養の持ち主がここにいた。

洗練された貴婦人であるエルナ母さんからすれば、娘がレベルの低い所作を見せびらかして鼻を高くしているのが我慢ならなかったのだろう。

「え？　いや、あたしは……」

「早くきなさい」

「は、はい」

エリノラ姉さんが抵抗するも、得体の知れないエルナ母さんの迫力に素直になる。

エリノラ姉さんが横を通って移動する際に、ニヤリと笑ってやる。

すると、エリノラ姉さんはハメられたことに気付いたのか顔を真っ赤にした。

「母さん！　あたしよりもアルに指導するべきじゃない⁉　さっきガチャンッて音立ててたし！」

こちらを指さしながらとんでもないことを口走るエリノラ姉さん。

「自分が怒られたからって俺まで巻き込もうとしないでよ！」

目の前でマウントとってきたり、弟を道連れにしようとしたりと色々と酷い。

「……一理あるわね。アルもいらっしゃい」

「うえええええ！」

こうして、この日はテーブルマナーのレッスンで一日が潰れるのだった。

◆

テーブルマナーのレッスンを終えた翌日。俺は外を歩いていた。

歩くごとに降り積もった雪がギュッギュッと音を立てて沈む。

呼吸をすれば白い息が漏れ、ヒンヤリとした空気が肌を撫でる。

いくら防寒着を着ていようと顔などの露出する部分はあるし、服の隙間から風が入ってくるので寒い。屋敷の中の方が暖かくて快適だ。

とはいえ、ずっと屋敷に籠っているとまたエルナ母さんからマナーのご指導を食らいかねない。

その危険を感じて屋敷ではエリノラ姉さんもいなくなっていた。

多分、どこかで自主稽古でもしているか、外でエマお姉様やシーラと遊んでいるのだろうな。

そんなわけで軽い運動も兼ねて俺は散歩しているのだ。行く先はコリアット村。

トールやアスモでも見かけたらちょっかいでもかけようかなって感じだ。

外の空気は冷たく、息を吸うだけで肺が冷える。でも、ヒンヤリとした空気が体内を循環して
スッと頭が冴えるような感覚がするので好きだ。

空を見上げると灰色の絵の具で塗りつぶしたかのような雲が広がっている。

春や夏と違って周囲に生命の息吹は感じられない。

シーンとした静かな空気が流れる。聞こえるのは俺の呼吸と足音だけ。

いつもとは違った散歩の楽しさがあるものだ。

踏みしめる雪の感触を楽しみながら進んでいくと、コリアット村にたどり着いた。

今日も派手に雪合戦をしているものかと警戒したが、今日はそのようなことはなく静かに生活
している。

さすがに毎日雪合戦をやっていられるほど村人たちも暇ではないようだ。

冬は農業こそできないものの、やるべき内職がたくさんある。

蔓や革を使った籠を作ったり、靴を作ったり、衣服を作ったり。

作物の収穫ができない穴埋めをしようと皆が必死になっている。こうやって村を歩いていて静
かなのも皆内職に集中しているからなのだろうな。

ザシュザシュザシュザシュザシュザシュザシュ……。

「なんだこの音？」

いつもよりも静かなコリアット村を歩いていると、妙な音が聞こえてきた。

まるでノコギリで木材を切断しているかのような音。

しかし、微妙に音が柔らかい上にすぐに音がなくなる。

またすぐに音は再開されたが、すぐに音はしなくなった。ひたすらそれの繰り返し。

この寒空の中で木材を切断しているのか？

気になって音源に近付いてみると、そこには見慣れた奴等がいた。

「あ、アルだ」

「おー！　アルじゃねえか！」

そこにいたのはコリアット村の悪ガキこと、アスモとトールだ。

「トールの持っている道具はなに？」

アスモはスコップを持っており普通に除雪作業をしているのだと思うが、トールの長細い棒がわからない。自分の身長よりも遥かに高い棒の先には薙刀《なぎなた》のような物騒な刃が付いていた。

「あん？　知らねえのか？　これは雪ノコギリっていうんだ。これで邪魔な雪を落とすんだよ」

「雪ノコギリ？　どうやって使うの？」

それが除雪作業で使うものだというのは理解できたが、どうやって使うのかがわからない。

「ちょっと見せてやるぜ」

俺が首を傾げると、トールは雪ノコギリを持って近くの民家に向かう。

薙刀のような刃で雪を一気に斬り裂くのだろうか？

いや、エリノラ姉さんやノルド父さんのような武芸者ならともかく、ただの村人であるトールにそんなことはできないだろう。

疑問に思いながら見つめているとトールは雪ノコギリを屋根に振り下ろし、リクッと雪に食い込ませた。

そして、そのまま刃をスライドさせてノコギリのように雪を縦に切り裂いた。

ザシュザシュザシュと先程聞こえた音が鳴り響く。

「おおっ、楽しそう！」

「なんならやってみるか？」

「やる！」

トールから雪ノコギリを受け取る。

結構な長さがあるので少し重いが、剣の稽古で身体を鍛えているお陰もあってか普通に持つことができた。

「少し間を空けたところを切ってくれ」

「わかった」

トールに指定された辺りに雪ノコギリを振り下ろす。

すると、軟らかな雪に刃がサクッと刺さった。その感触がとても心地よい。

「刃を刺したら後はノコギリと同じように動かすだけだ」

トールに言われた刃をスライドさせる。すると、ザシュザシュと雪が削れて、縦にラインができていく。

まるで大きなケーキにナイフを入れているかのようだ。

「おお、楽しい！」

「そこが終わったらまた同じくらいの間隔を空けて切ってくれ」

すっかりと雪ノコギリの楽しさに魅了された俺は、トールに言われた通りに雪を切断し続けていく。そうやって五つ目の切れ込みを入れたところで、俺はふと疑問に思った。

「なあ、雪に切れ込みを入れているだけじゃ除雪できてなくないか？」

雪に深い切れ込みができてはいるものの、積み上がった雪はまったく崩れていない。

これじゃあ雪で遊んだだけで除雪したことにはまったくならないだろう。

「だから、最後に横から刃を入れてくんだよ。ほら」

俺の手から雪ノコギリを取って、今度は横側から切れ込みを入れる。

すると、積み上がった雪の一部が分離されて、大きなショートケーキみたいな雪がバサリと落ちた。

「おおおおお、すごい！　俺にもやらせて！」

「ほらよ」

トールに雪ノコギリを渡されて、俺はウキウキとしながら横から刃を入れる。

既に切れ込みが入っているお陰か刃はスルスルと入っていき、そして大きな塊がバサリと落ちた。

大きな雪を切り崩していく感覚が楽しい。

トールやアスモがやけに親切にレクチャーしてくれるのは、面倒な作業を少しでも俺にやらせて自分たちの負担を軽減したいという思惑だろうが、そんなことがどうでもいいくらいに楽しい。

ザシュザシュと横からも切り込みを入れて雪を崩していると、傍に長い棒が突き刺さっているのが気になった。

「ここに立っている棒はなに？」

「この棒よりも前に雪が積もっていたら除雪するって目安。あんまり大きくなると道幅が狭くなるし落雪で危ないから」

「なるほど」

雪ってかなり重いので落ちてきたら大変だ。

道だって人だけでなく、馬車だって通ることもあるので危険は減らすに越したことはないだろう。村で安全に生活するための知恵があるんだな。

「アルって除雪作業したことないの？」

「屋敷で使っているのは主にスコップだし、いざとなったら俺かエルナ母さんが魔法で除雪するから」

「おお、それがあったな！　アルの魔法でパパッとこの辺りの雪を退かしてくれよ！」

魔法の話をすると、トールが顔を輝かせて頼んでくる。

「これはトールとアスモの仕事だろ？　人様の仕事をとっちゃ申し訳がないよ」

「今、まさに仕事を取っているお前が何を言ってんだよ」

「じゃあ、返す」

トールに突っ込まれたので俺は雪ノコギリを返してやる。

雪ノコギリで雪を切っていくのは大変楽しかったが、ずっとやっていると疲れる。

雪ノコギリ自体重いし、効率だって悪い。

「あー！　悪かったって！　アルフリート様、頼みます！」

「これさえ、終われば今日は自由に過ごせるんだ！」

地面には雪が積もっていて冷たいにもかかわらずに、地面で平伏してみせるトールとアスモ。

そこまでこの除雪作業が嫌なのか。

「……しょうがないな」

「ありがとうございます、アルフリート様！」」

そう言葉を漏らしただけで礼を言ってくるトールとアスモ。

その場での強者を理解すると、即座に態度を変えてそちらになびく。

相変わらず清々《すがすが》しい態度をする奴等だ。

仕方なく俺は氷魔法を発動して、雪を移動……させようとしたところでやめた。

どうせなら雪ノコギリを使って遊びたい。

「トール、雪ノコギリを貸してくれる？」

「ささっ、どうぞ」

そう声をかけると、トールが素早く駆け寄ってきて雪ノコギリを献上する。

「アスモ、周囲に人は誰もいない？」

「確認しましたけどいません」

うん、周囲に誰も人がいないならいいや。

実は雪ノコギリを思いっきり振り回してみたかったんだよね。

やっぱり、自分の小さな身体を使って動かすと疲れるし。

念入りに周囲に誰もいないことを確認すると、俺は雪ノコギリにサイキックをかける。

すると、雪ノコギリがふわりと宙に浮いた。

そのままサイキックで軽く素振りをしてみると、ブオンブオンと空を切る。

「よし、これならいける」

問題なく魔法で動かせることが確認できたので、このままやってみる。

大きく振りかぶって打ち付けてみると、雪が綺麗に切断された。

俺たちが振るう力と範囲はたかが知れているが、サイキックを使えば振るう力は遥かに大きくなってエネルギーは強くなる。

結果として雪ノコギリをスライドさせる必要もなくなり、雪がどんどんと崩れていく。

自分の手で振るう必要もなくなり、広範囲が崩れてくれるので楽しい。

「雪ノコギリが勝手に動いて、雪を削ってる」

「すげえ、便利だけどこんな風に武器が襲ってきたらやべえな」

そんな様子をアスモとトールがどこか不気味なものを見る目で呟いている。

「うん？　武器が勝手に襲ってくる？」

……待てよ。サイキックで剣を自在に動かすことができれば、エリノラ姉さんにも勝てるんじゃないか？

自分の身体で振るう剣に限界があるのならば、魔法で補ってやればいいじゃないか。

どうしてこんな簡単なことを今まで思いつかなかったのか。

サイキックで剣を動かすのを上手くなれば、別に自分で振るう必要もないじゃないか。

俺としたことが、剣だからといって手で振るうことに囚われていたようだ。

「どうしたんだよ、アル？」

「トールのお陰でいいことを思いついたんだ！」

振り返ると、トールとアスモが悲鳴を上げて後退《あとずさ》る。

「おわああああっ！　なんか知らねえけど連動して雪ノコギリまで動かすのはやめろ！」

「危ない！」

「……ごめん」

画期的なアイディアを思いついたせいで周りがよく見えていなかったようだ。

シンプルに俺が悪いので、俺はトールとアスモに素直に謝った。

しかし、いいことを思いついたものだ。これなら自主稽古に連れ出されても返り討ちにできるぞ。

アルの自動剣術

I want to enjoy slow Living

「アル、自主稽古するわよ！」

翌日、エリノラ姉さんはいつもの通りに俺の部屋にやってきて自主稽古に誘ってきた。

稽古日でもない上に外はクソ寒い。

いつもの俺であれば全力で拒否するのであるが、今回は特別だ。

「いいよ」

「なんでダメなのよ――えっ？」

俺が即返事で肯定してやると、エリノラ姉さんが驚きの顔を浮かべた。

「いいの？」

「うん」

「わかってるの？　自主稽古よ？　稽古日でもないのに寒空の下で稽古なのよ？」

俺が簡単に了承したのが信じられなかったのか、エリノラ姉さんが確かめるように言ってくる。

そんな言葉がスラスラと出るということは、自主稽古がどうして辛いかわかっていながら誘ってはいたんだな。

「わかってるよ。中庭で稽古でしょ？　行くよ」

俺が再度しっかりと返事すると、エリノラ姉さんは信じられないものを目にしたかのような顔になる。

それから腰をかがめて視線を合わせると、俺の額に手を当ててくる。

「……もしかして、熱でもある？」

「至って健康だよ」

「だってアルが自主稽古に二つ返事で付き合うなんておかしいじゃない！」

それもそうだ。俺が逆の立場でも心配をする。

エリノラ姉さんが自主稽古に行かないで、急に屋敷で小難しい本を読んでいたり、勉強をしていたら熱があると疑うだろう。

俺が自主稽古を了承したのは勿論裏があってのことだが、それを素直に伝えては面白くない。

「エリノラ姉さん、俺にだってたまには身体を動かしたくなる時もあるんだよ？　気持ちよく汗をかいてスッキリしたいんだ」

「……遂にアルも自主稽古の良さに目覚めたのね！」

ふざけて心にもないことをぶちまけたにもかかわらず、エリノラ姉さんがいたく感動した表情を浮かべる。

嘘だ。そんなことなど微塵《みじん》も思っていない。

自主稽古なんて休日出勤と残業手当の出ない残業くらいクソだと思っている。

「そうよ！　運動ができる上に剣技も上達するから自主稽古は最高だわ！　あたし、先に中庭に向かってるから！」

俺と自主稽古できることがそんなに嬉しいのか、エリノラ姉さんがいつになくご機嫌な様子で部屋を出ていった。

「自主稽古に付き合うだけでこんなに機嫌がよくなるんだね」

エリノラ姉さんの単純さに思わずひとりごちる。

これなら屋敷で平和に過ごすために少しくらい自主稽古に付き合った方がいいんじゃないか

……いや、その前に俺の精神と肉体が限界を迎えるな。

エリノラ姉さんを喜ばすために俺が辛い思いをしていては意味がない。この計画は却下だ。

なんて風に考えると、開けっ放しにされたドアからシルヴィオ兄さんがおそるおそるといった感じで入ってくる。

「……今、姉さんがすごくご機嫌だったんだけど何かあった？」

どうやら廊下でご機嫌なエリノラ姉さんとすれ違ったらしい。

「自主稽古をしたいらしいから付き合ってあげるって言った」

「ええっ⁉」

俺の返答にシルヴィオ兄さんは驚くと、慌ててこちらに駆け寄ってきた。

「アル、大丈夫？　熱はないかい？」

「……エリノラ姉さんと同じ心配はしなくていいから」

◆

シルヴィオ兄さんに過剰なまでに心配をされた俺は、速やかに稽古服に着替えて中庭に出た。

「寒っ」

外に出た瞬間襲い掛かる冷たい空気。

動きやすさを重視した稽古服のせいもあってか、冷たい風が身体に染みる。

「アル！　こっちよ！」

寒さに身を震わせていると、中庭の中心にいるエリノラ姉さんが手を振ってきた。

既に頬が上気しており、吐き出す息がとても白い。

手には既に木剣を手にしており、中庭には多くの足跡がついてる。

俺がやってくるまでの間にランニングや素振りといったウォーミングアップを済ませていたようだ。

やる気満々だね。

「軽く走る？」

今回は馬鹿正直に剣を振るうつもりはないが、ジーッとしていると寒い。

少しくらい身体を動かして身体を温めておこうかな。

「そうするよ」

「あたしも付き合うわ」

俺が頷くと、エリノラ姉さんは既にウォーミングアップが終わっているだろうに付き合うと言い出した。

そんなに誰かと一緒に自主稽古ができるのが嬉しいのか。

思えば冬になってからはノルド父さんも執務が忙しく、シルヴィオ兄さんも寒さに弱いせいかずっと一人で自主稽古をする時間が多いみたいだったな。

まあ、だからといって丁寧に俺が付き合ってあげようとは思わないけどね。

「ノルド様！　アルフリート様が稽古服を着て中庭を走ってます！」

「ええっ⁉　今日は稽古日じゃなかったよね⁉」

「は、はい。今日は稽古日ではなかったと思います」

エリノラ姉さんと中庭を走っていると、屋敷の方からこちらを見て驚くミーナやノルド父さんの声が。

稽古でもないのに俺が稽古服を着ていたらそんなにおかしいというのか……いや、おかしいな。屋敷にいる皆は俺が絶対そんなことをしないとわかっているし。

ノルド父さんの疑うような視線を感じる。

実の息子にそんな視線を向けないでくださいな。

身体が温まる頃合いになると、ミーナとノルド父さんの姿は見えなくなった。それぞれの仕事に向かったらしい。

しかし、代わりとばかりに俺の部屋の窓からエルナ母さんとシルヴィオ兄さんがこちらを覗いている。

俺が自主稽古をしているのが余程おかしく見えるようだ。

「次は素振りでもする？」

「いや、今日はいいや。早速、打ち合いをしよう」

サイキックで剣を振るうだけなので、そこまでする必要はない。

ランニングで身体は温まったし、これで十分だ。

「いいわよ！　じゃあ、早速やりましょうか！」

すると、エリノラ姉さんが早速と木剣を構えだす。

「待って。ちょっと準備をするから」

あまりに興奮しており今にも斬りかかりかねないので待ったを発動。

首を傾げるエリノラ姉さんを確認して、俺は木剣をサイキックで浮遊させる。

「木剣を魔法で浮かせてどうするのよ？」

「魔法で操作する」

「はい？」

試しに素振りをしてみると、ブンブンと音が鳴った。

うん、サイキックを磨いてきただけあって、しっかりと型を再現できているようだ。

「よし、いつでも問題ないよ」

「ちょっと待って。まさか、魔法で剣を操るってわけ？」

「そうだよ？」

「そんなの剣の稽古じゃない！」

「うん。だから、自主稽古としてやってるんだよ」

ノルド父さんの稽古では魔法を使うのは禁止されている。でも、自主稽古であれば何も問題はない。

「くっ、道理で素直にあたしの誘いに付いてきたわけね」

ようやく俺の意図に気付いたのか、エリノラ姉さんが悔しそうな顔をする。

普通の剣の稽古で俺がノコノコと出ていくはずがない。

「魔法で動かしても剣は剣だよ」

「ぜんぜん違うわよ！」

「もしかして怖い？　別にいいんだよ？　いつもみたいに魔法は卑怯だーって言って拒否しても」

「……へえ、言ってくれるじゃない。いいわ。魔法で動かすような剣くらい全部吹き飛ばしてあげるから！」

あからさまな挑発であったが、エリノラ姉さんは見事に乗ってくれた。

こう言われたらエリノラ姉さんが引き下がれないとわかっていたからね。

よし、これで言質はとったぞ。後で卑怯とか言われてももう知らない。

俺のサイキックを駆使した剣技をエリノラ姉さんに見せつけてあげよう。

◆

屋敷の中庭で俺とエリノラ姉さんは向かい合う。

エリノラ姉さんは正面に木剣を構えている。

しかし、相対する俺は木剣を構えるのではなく、サイキックを使って浮遊させていた。

手の中に柄の感触はないが、魔力を伝ってしっかりとした感触はあった。

「いくわよ！」

エリノラ姉さんがバカ丁寧に声を上げて走り出してくれたので、そのタイミングに合わせてサイキックで木剣を前に出して振るった。

「ッ!?」

一瞬にして距離を詰めようとしていたエリノラ姉さんがつんのめるようにして立ち止まり、俺の剣を受け止める。

勿論、俺はスタート位置から動いていない。

エリノラ姉さんが足を止めたのは俺よりも三メートル前の地点。通常の剣の間合いであれば、間違いなく届かない距離。

しかし、サイキックで宙に浮いている剣に通常の間合いなんて関係なかった。

エリノラ姉さんが剣で受け止める中、俺は即座に魔法で剣を横回転させて、薙ぎ払いを放つ。

ノーモーションから放たれる突飛な剣の軌道にエリノラ姉さんは目を大きく見開いた。

かと思いきや、エリノラ姉さんの体内で即座に魔力が活性化して、あり得ない反応速度を見せた。

「あああ！　エリノラ姉さんが身体強化使った！」

「そっちだって魔法を使ってるからお相子よ！」

抗議の声を上げるもエリノラ姉さんがそのように言い返してきた。

「ノルド父さんならともかく、俺に身体強化を使うなんて初めてじゃない？」

ノルド父さんとバチバチに稽古をする時は、エリノラ姉さんは身体強化を使って挑む。

しかし、俺やシルヴィオ兄さんといった格下相手にエリノラ姉さんは今までそれを使うことがなかった。

それを指摘してみるとエリノラ姉さんはムッとした顔をした。

「……うるさいわね」

やっぱり、エリノラ姉さんも染み付いた間合いの経験には抗えないらしい。

確かな手応えを感じた俺は、そのまま果敢にエリノラ姉さんを攻め立てる。

動くことなくサイキックで操作してエリノラ姉さんに斬りかかる。

ああ、これはいいね。自らが動く必要がないことがこんなにも楽だなんて。

自ら身体を動かすことのない分、剣にノイズが混じることはない。身体よりも魔力の方が反応が速いので自分の思う通りに剣が動く。

というか、普段なら絶対にできない剣の型だって今なら思い通りだ。

名付けて自動剣術。

これなら俺もエリノラ姉さん相手でも渡り合えるのではないだろうか。

そんな風に調子に乗っていると、さっきまで防戦一方だったエリノラ姉さんが俺の木剣を吹き飛ばした。

「あれれ？」

「こんなの剣じゃないわ。剣に全然気迫がこもってないし、重みも足りない。突飛な軌道で襲い掛かってくる飛び道具と変わりないわよ」

確かに魔法で剣を動かしている以上、重みも足りないしプレッシャーもないだろう。

しかし、こっちだってそれなりの技術を駆使してやっているので、ただの飛び道具扱いされるのは少し癪《しゃく》だ。

「それだったら次は数を増やすよ」

「どれだけ数が増えても一緒よ。全部へし折ってあげる」

カチンときた俺はサイキックで倉庫の扉を開けて、そこから五本の木剣を追加でする。

さっき操っていた木剣と数を合わせると今度は六本だ。

四本の剣は攻撃用に、二本の剣をもしもの迎撃用に浮遊させる。

単純計算でさっきの六倍。さすがにエリノラ姉さんでも六本の剣を捌《さば》くのは無理だろう。

「いけ」

手始めの攻撃用の四本を飛ばす。

バラバラの角度から迫りくる剣を、エリノラ姉さんは体捌きで回避。どうしても回避できない一本だけを剣で弾いた。

そのままエリノラ姉さんが攻撃用の剣を置き去りに接近してきたので、即座に迎撃用の剣で受け止めた。

「危なっ！」

「……へえ」

眼前に迫るエリノラ姉さん。

このまま近距離戦に持ち込まれたら勝ち目はまずないので、迎撃用の一本で牽制《けんせい》しつつ、攻撃用の四本を急いで引き戻す。

背中から襲い掛かる木剣を屈んで回避すると、エリノラ姉さんは転がりながら後退していった。

迎撃用にきちんと残しておいてよかった。

全部攻撃に回していたら今のでやられていたかもしれない。

これはちょっと六本では足りないかもしれない。

サイキックで倉庫から四本の木剣を取り出して追加する。

迎撃のために二本だけは手元に置いておいて、残りの八本をエリノラ姉さんに向けて射出。

そして、それぞれの角度からタイミングをずらして斬りかかる。

俺のサイキック操作に狂いはない。全てが微妙にタイミングをずらして、攻撃するように操作されている。

しかし、そのことごとくをエリノラ姉さんは自らの体捌きと一本の剣で迎撃していく。

雪が降り積もる中庭の中を縦横無尽に動き回って、襲い掛かる複数の剣を回避していた。

「いくら数を増やしても一緒よ!」

この光景をどこかで見たことがある。そう、去年の雪合戦だ。

あの時、俺は三十以上もの雪玉を操作してエリノラ姉さんに挑んだ。

結果として勝利を収めることはできたものの、俺の魔法技術はたった一本の剣に敗北した。

さすがに俺も同じ過ちで負けるのは良しとしない。

去年よりも俺は魔力もコントロール技術も上がっている。

たった一つの身体と剣に力負けしてたまるか。

ただ単に数を増やしたり、時間差攻撃を繰り出しても防がれるのはわかっている。

だったら、容易にそれをさせないようにすればいい。

俺は八本の木剣を動かしてエリノラ姉さんに斬りかかる。

しかし、そのうちの三つはブラフだ。エリノラ姉さんの攻撃に当たる軌道ではないが、行動範囲を制限するように動かす。

ひとつひとつの剣で精密な動きをするのはかなり難しいが、魔法の練習だけは自主的にこなしているので慣れっこだ。

ブラフを混ぜながらの攻撃にエリノラ姉さんの動きが少し淀む。

迫りくる複数の剣の内、いくつかがブラフだと気付いたのだろう。しかし、気付いたとはいえ、それらを無視することはできない。

いくら超人的な反射神経をもっているエリノラ姉さんでもそれらを瞬時に見極めて迎撃することは少なくない負担になるだろう。

「うっとうしいわね！　吹き飛びなさい！」

エリノラ姉さんが剣に魔力を纏わせて、俺の剣を吹き飛ばそうとする。

が、硬質な音が響いて失敗に終わった。

「硬っ！」

「甘いね。魔力でコーティング済みだよ」

さっきやられたばかりなので対策済みだ。今の俺の剣には相当量の魔力がこもっている。

ちょっとやそっとでは吹き飛ばすことはできない。

体勢の崩れかけたエリノラ姉さん目がけて、俺は怒涛《どとう》の勢いで剣を躍らせる。

木剣の後ろに木剣を隠し、直前で死角から分裂させるように振るう。

敢えて攻撃を外し、地面にある雪を巻き上げることで視界を制限。

相手を自由にさせない攻撃の数々はかなり効いているようで、エリノラ姉さんは防戦一方だ。

手元には常に二本の木剣が浮遊しており迎撃可能だ。

もしもの時の対応もいつでも可能だ。

「どうエリノラ姉さん？　これが俺の自動剣術だよ！」

「あはははははは！」

エリノラ姉さんを挑発するように言ったのだが、当の本人は防戦一方だというのに笑い出した。

どうしたんだ？　遂に頭がおかしくなっちゃったのだろうか？

「はい？」

「いいわね、アル！　これ最高よ！」

「この稽古、とっても楽しいわ！　まるで騎士団の多人数取りみたい！」

思わず目を丸くすると、エリノラ姉さんは実に楽しそうな笑顔でそう言った。

その表情には余裕があるとはいえないが、とても晴れやかだ。

まるで世界で一番楽しい遊びをやっているかのよう。

……なんだかエリノラ姉さんの笑顔を見ているとバカらしくなってきた。

なんで俺がこんなことをやっているのだろう。別に俺がエリノラ姉さんに勝たなくちゃいけない理由なんてないし、そもそも純粋に勝ちたければ、剣のフィールドなんかで戦いはしない。

そんな当たり前のことに気付いた俺はサイキックをやめた。

「ええ？　ちょっと！　なんでやめちゃうのよ！」

「だって、寒いし疲れたから。もう終わりでいいかなって」

新しいサイキックの運用方法を見つけたので、つい興奮しちゃったようだ。

浮遊させた木剣をサイキックで倉庫へと突っ込んで元の場所に戻す。

そのままくるりと背を向けて屋敷へと戻ろうとすると、エリノラ姉さんが腕をとってくる。

「ねえ、アル。今のもう一回！」

「やだよ、もう疲れたんだって」

この日からエリノラ姉さんが自主稽古に誘ってくる回数が劇的に増えて、俺はしばらく辟易とするのであった。

……変な剣の運用方法なんて見せるんじゃなかった。

グラビティ

冬という季節は当たり前ながらに寒い。

朝、目を覚ましてもベッドの外の気温はすっかり冷え込んでいる。

しかし、布団の中の温度は快適そのもの。

朝早く起きたとしてもベッドで本を読んだりして、魔法を適当に操作して遊んだり、部屋の空気が暖まるまでベッドの中で過ごすのが俺の日常であった。

ぬくぬくとした布団に包まれながら手が届く範囲の趣味を満喫する。次第に部屋の空気も暖まり、もっと快適になる。この落ち着いた時間が俺は好きだ。

そんな小さな幸せを噛みしめている、それを破壊する悪魔の足音がする。

「アル！　自主稽古するわよ！」

「……またか」

予想通りの侵入者に俺はため息を吐いた。

ついこの間、サイキックによる自動剣術という試運転で自主稽古に付き合ってみたら、それから毎日誘ってくる始末。

どうやら自動剣術による稽古にハマったらしい。

「ほら、行くわよ。アル」

「行かないってー」

エリノラ姉さんが腕を掴もうとしてくるので、俺はそれを断固として拒否。

布団にくるまって防御態勢に入る。

パワー馬鹿のエリノラ姉さんに捕まってしまえば、無理矢理引きずり出されかねないから。

「なんでよ？」

「外が寒いからに決まってるじゃん」

「もう、アルはいつもそんな軟弱なことを言って」

シンプルに嫌な理由を述べると、エリノラ姉さんは呆れの表情を浮かべた。

「逆にエリノラ姉さんは毎日元気過ぎだよ」

というか、つい昨日も寒い中ノルド父さんと稽古をしたばかりだ。どうして休みのはずの翌日にまで稽古をしなければいけないのか。相変わらずエリノラ姉さんの行動は理解に苦しむ。

体力の限られている俺とは生活が真反対だ。

人は体力が余っていると身体がうずうずとして発散したくなる。そうすると、何かをしなければいけないという気になる。

それなら、エリノラ姉さんの有り余っている体力を減らしてあげるのがいい。

そうすれば、エリノラ姉さんは俺を稽古に誘うこともなくなり、世界は平和になるはず。

しかし、それをさせようにもこちらの体力が持たないというのが問題だ。

馬鹿正直にエリノラ姉さんに付き合っていたら間違いなくこちらが先に倒れる。

どうすれば自分が楽をしながらエリノラ姉さんの体力を消耗させることができるか。

「……閃いた！」

「なにが？」

エリノラ姉さんの体力を効率よく減らす方法だ。

「自主稽古に付き合うよ」

「え？　本当!?　じゃあ、すぐに外に行くわよ！」

俺がそのように言うなり、エリノラ姉さんが顔を輝かせる。

「その必要はないよ。俺はここから稽古に参加するから」

「はい？」

そのように言うと、エリノラ姉さんが小首を傾げた。

この間もやったやり取りだ。もう少し学んでくれ。俺が堂々と自主稽古に付き合うはずがないじゃん。

「俺はこの部屋から魔法で剣を操作するから」

「えー？　なんかそれおかしくない？」

「おかしくない。寒いから外に出たくない俺は部屋でぬくぬくと過ごせる。エリノラ姉さんは要求していた通りに自動剣術による稽古ができる。お互いに利害は一致してるよ」

「……う、うーん」

理解はできるけど釈然としないような表情をしている。

「文句があるならやらないよ？」

「わ、わかった。それでいいから。でも、外に出ないでちゃんと魔法が使えるの？」

「距離が離れたら難易度が上がるけど、それも俺の練習ってことで」

「それならいいわ。じゃあ、中庭に行くからよろしくね」

ふむ、練習というエリノラ姉さん好みのキーワードを使うと納得するんだな。

今後も使えるようなら言い訳として使わせてもらおう。

エリノラ姉さんがくるりと背を向けて部屋を出ようとする。

俺の策略はこれだけでは終わらない。遠隔操作であり、俺の魔法の練習になるとはいえ、体力お化けのエリノラ姉さんに付き合ってはいられない。

エリノラ姉さんの体力を効率よく減らすべく、俺はとある魔法をかけてあげる。

「グラビティ」

グラビティとは無属性の魔法の一つだ。

相手にかかる重力を増加させて動きを阻害したり、押しつぶしたりできる便利な魔法。

グラビティによってエリノラ姉さんにかかる重力を増加させ、疲労度を上げようという計算である。

これなら体力お化けのエリノラ姉さんといえど、疲労の蓄積は避けられないだろう。

だが、普通にそれをかけてしまうと、いくら鈍感なエリノラ姉さん相手でもバレる可能性がある。

なので、最初にかけるグラビティは最小の規模にする。

「うん？」

エリノラ姉さんが何か違和感を覚えたように立ち止まる。

しかし、俺は動揺をまったく表に出すことはせず、意図して自然な表情を装ってみせる。

「どうかした？」

「……なんでもないわ」

エリノラ姉さんはそのように言うと、特に気にすることもなく廊下に出て階段を下りていった。

感覚の鋭いエリノラ姉さんは違和感に気付いたが、それが何らかの作用によるものとは気付かなかったようだ。

甘いね。魔法の稽古をサボっているからデバフをかけられていることにも気付かないんだよ。

予想通りバレなかったことに俺はほくそ笑んだ。

◆

部屋の窓から中庭を見下ろすと、エリノラ姉さんが準備運動をしていた。

赤茶色のポニーテールを揺らし、白い息を漏らしながら走っている。

中庭には変わらず雪が積もっているのだが、それを感じさせない軽やかな足取りだ。

その一方で寝間着から私服に着替えた俺は、火魔法ですっかりと暖まった部屋でミルクティーを飲みながら読書をしていた。

外に出ない自主稽古というのは最高だ。普段の稽古も部屋でやったりしないかな？

「アルー！　あたしはいつでも準備はいいわよ！」

そんなことを考えていると、中庭の方からエリノラ姉さんの元気な声が響く。

どうやら準備運動は終わり、身体が温まったらしい。

それを察知した俺はイスから立ち上がって窓際に寄る。

窓を開けることなく、サイキックで中庭にある倉庫の扉を開ける。

そこに収納されている十本の木剣を魔法で取り出し、エリノラ姉さんの周囲を取り囲むように浮遊させた。

これでこちらも準備は完了だ。

「ちょっと！　せめて窓くらい開けなさいよ！」

「いや、開けたら寒いじゃん」

木剣をこちらに向けながら抗議の声を上げるエリノラ姉さん。

残念だけどそこだけは断固として譲れない。だって、開けたら寒い空気が入ってくるじゃん。

換気以外でこのぬくぬくとした空気を逃したくはないからね。

これ以上、エリノラ姉さんに文句をつけさせないように俺は木剣を動かすことにした。

後ろにある剣で背中から斬りかかると、エリノラ姉さんが超人的な反応で振り返り弾いた。

この程度の不意打ちで倒すことができないのは想定範囲だ。

振り返ることによってできた新しい死角へと三本の剣を移動させて、そこから突きを放つ。

エリノラ姉さんは身を捻りながら二本の剣を躱し、一本の剣を弾く。

そして、空いている空間へと疾走。

多数の剣を相手する場合において、一か所にとどまり続けることが悪手だと気付いているのだろう。

疾走したエリノラ姉さんを追いかけるように木剣を動かす。

八本の剣を動かして追撃を与えながら、常に死角となる位置に二本の剣を置いて牽制。

二階の部屋から俯瞰《ふかん》すると、とても冷静になれるな。

エリノラ姉さんが迫ってくるというプレッシャーもないので、非常に落ち着いて攻撃だけに専念することができるな。迎撃用に二本を待機しておく必要もないし攻め放題だ。

自動剣術を使うのが二回目ということもあるが、今日の俺は確実に前回よりも手強いだろう。

エリノラ姉さんが剣を相手に手間取り、隙を見せたら死角からの攻撃をお見舞いする。

——確実に仕留めた。

と、思いきや、エリノラ姉さんの身体が霞《かす》んで包囲網から抜け出される。

身体強化の発動ではない、単純な緩急によるものだ。

それを察知した俺は遅れながらも剣を動かして、またしても包囲陣を組み立てる。

さすがはエリノラ姉さん、身体捌きが常人を軽く超えている。

剣を動かしているのが機械であれば、翻弄されることはなかったが、生憎《あいにく》と操作しているのは俺という人間だ。だから、これも一種の対人戦といえるだろう。

この稽古が心理的要因のあるものだと気付いたのか、エリノラ姉さんが先ほどよりも動きや視線にフェイントを入れるようになってきた。

加速したかと思えば、止まり、そこからまた急加速。右に走るとみせかけて、反対側の空いた空間への疾走。地面に降り積もっていた雪が激しく舞い上がり、キラキラと輝く。

まるで剣を手に踊る美しい雪の妖精のようだ。

多分、考えてやってるんじゃなくて感覚だろうな。

細かいことを考えるのは苦手な姉であるが、こと本能的な嗅覚の鋭さは追随を許さない。

だけど、思い通りにはさせない。

相手がこちらを騙《だま》そうとするのであれば、相手の余裕を奪ってしまえばいい。

死角で牽制するにとどめておいた剣をも動かし、全ての剣で集中攻撃をたたみかける。

十本の剣による超連続攻撃。際限のない怒涛の連撃でエリノラ姉さんを襲う。

自動剣術は通常の人が扱うようなモーションは一切なく、ためを必要としない。たとえ、攻撃を防がれようともすぐに次の攻撃に移ることができる。

小細工無しの物量と魔法の特性を活かした連撃。

「ハッ！」

エリノラ姉さんが鋭く気合いのこもった声を上げながら剣を振るう。

カカカカカカカカッ！

俺の目に見えたのはただの一回の振り下ろし。

しかし、次の瞬間には同時に襲いかかった十本の剣が全て弾かれていた。

「……どうなってるんだよ」

昔、稽古途中に見せた一回の振りで、木の葉を四つ切りにした技の応用だろうか？　今回の技はその二倍以上の成果を見せている。エリノラ姉さんも成長しているということだろうな。

とはいえ、エリノラ姉さんが俺との自主稽古ごときであのような技を使うのは初めてだ。いつもはただの通常攻撃で撃沈だからな。

それを思うと、自動剣術による稽古は確実にエリノラ姉さんの体力を奪っていることだろうな。

そのことに一安心した俺は、無心で剣を動かし続けた。

◆

「アルフリート様、そろそろ朝食のお時間です」

自動剣術による稽古を続けることしばらく。

扉をノックしてきたサーラの声によって俺は我に返った。

朝早くに起きて付き合っていたが、もう朝食の時間になったらしい。

いつまでも元気に動き回るエリノラ姉さんを追い詰めるのが楽しくて、つい夢中になってしまった。

「わかったけど、どうしようかな。急に止めづらいんだけど……」

中庭では今もエリノラ姉さんが十本の木剣を相手に攻防を繰り広げている。

かなり集中している様子で正直、弟の俺でも声をかけづらい雰囲気だ。

朝食だからやめるなどと言えば、あの鋭い視線で射貫《いぬ》かれてしまいそう。

「大丈夫です。エリノラ様の方にはノルド様が向かっておりますので、合わせて止めてもらえればと」

「なるほど」

さすがはできるメイドだ。エリノラ姉さんへのフォローが完璧だ。

窓を開けて下を覗き込むと、ちょうど玄関からノルド父さんが出てきた。

こちらを見上げると魔法を止めるようにジェスチャーをしたので、俺はサイキックで操っていた木剣を制止させた。

すると、急に剣を止めたからだろう。エリノラ姉さんの最後に振るった斬撃が直撃し、ノルド父さんの方へ飛んでいく。

「はい、エリノラ。自主稽古はおしまい。朝食の時間だよ」

飛来した木剣を素手で掴みながら穏やかな声音で告げるノルド父さん。一般人なら直撃して大惨事になっていたことだろう。

集中していたエリノラ姉さんが反射的に鋭い視線を向ける。が、ノルド父さんはそれに動じることなく涼しく受け流した。

「……わかった」

エリノラ姉さんは息を大きく吐き出すと、素直に臨戦態勢を解いた。

その瞬間、俺は近くに浮かせてある木剣でコツリとエリノラ姉さんの頭を小突いた。

「おお、クリーンヒットだ」

コテリとエリノラ姉さんの頭が傾く。

一番気が緩んだ瞬間を狙ったとはいえ、本当に当たるとはビックリだ。

「いい度胸してるわね！　アル！」

大きな瞳に怒りの炎を灯《とも》したエリノラ姉さんが、目にも止まらない速さで屋敷に戻ってくる。

「俺は剣を動かすのを止めろとは言われてないもんね！」

「いや、僕が自主稽古は終わりだって言ったじゃないか」

「……言いましたね」

窓の外と後ろからそんな呆れた声が聞こえるがスルーだ。

こっちだってずっと剣を動かしていたんだ。一撃くらい入れられないと面白くないじゃないか。

◆

「……風」

お風呂から上がって私服を身に纏ったエリノラ姉さんは、洗面台にくるなり実に偉そうな態度で告げた。

「かしこまりました」

肉体的な粛清を何とか回避させてもらった俺に、それを拒否する権利はない。

従順な執事の如くイスを引いて、エリノラ姉さんを座らせる。

そして、風魔法と火魔法による複合で温風を送ろうとしたのだが、エリノラ姉さんの髪がとても湿っていることに気付いた。

「風で乾かす前にタオルで水気を拭ってもよろしいでしょうか？」

「いいわよ」

エリノラ姉さんの長い髪をバスタオルで丁寧に拭って差し上げる。

この姉、俺にやらせるために敢えて水気をとらなかったんじゃないだろうかと思ったが、エリノラ姉さんは基本的に大雑把なので判別がつかないや。

バスタオルできちんと水気をとってから、俺は温風で髪を乾かすことにした。

「温度は熱くないでしょうか？」

「ちょうどいいわ」

問題ない返事を頂いたので、俺はそのまま魔法でエリノラ姉さんの髪を乾かした。

仕上げに櫛《くし》でしっかりと綺麗な髪を梳《す》くと髪の手入れは終わりだ。

「できました」

「髪も結んで」

そこまで俺にやらせるんかい。心の中で突っ込みながらも洗面台に置かれている、ヘアゴムを手に取って、ポニーテールを作ってやる。

エリノラ姉さんの髪の毛はサラサラとしていて、とても纏めやすいや。

「これでどうです？」

「あたしより上手いのが納得いかないわね」

それはエリノラ姉さんの女子力が低いだけじゃない？　という言葉が出そうになったが賢い俺は堪《こら》えた。

まあ、俺の場合は前世で姉が三人もいたからね。デートの時やここ一番の時は髪を結うのを手伝わされていた。

厳しく指導されたこともあってか、女子力の低い女性には負けない技術があるつもりだ。

「逆にエリノラ姉さんはもうちょっと丁寧に結うべきだよ。たまに斜めになってるし」

「別に少しくらいずれてても誰も気にしないわよ」

本人はそうでもエルナ母さんは気にするだろうな。しっかり結びなさいと。

まあ、その辺りの意識改善は母親に任せるとしよう。絶望的だけど。

「はい、これで終わり」

「ありがとう」

お世話をばっちりとすることで、ようやく俺の罪は許されたのだ。

これでさっきの不意打ちで小突いた件に関してはお咎め無しだ。

エリノラ姉さんに続く形で俺もダイニングに向かう。

エリノラ姉さんのお世話をしていたせいでまだ朝食を食べていない。

部屋で魔法を使っていただけとはいえ、それなりに集中してやっていたのでお腹がペコペコだ。

「ようやく来たわね。もう先に食べてるわよ？　あなたたちも早く食べなさい」

ダイニングに入ると、エルナ母さんが言ってきた。

基本的に全員揃って食べるのがスロウレット家のルールであるが、さすがにこれだけ遅いと先に食べている。

テーブルの上には野菜と鶏のクリームシチュー、プレーンオムレツ、サラダ、パンといった料理が並んでいる。実に美味しそうだ。

俺とエリノラ姉さんは速やかにいつもの席に着いた。

「さすがにあれだけ動けば満足したよね？」

「なに言ってるのよ。ようやく身体が温まってきたところじゃない」

「ええ？　あんなに激しく動いたのに？」

「あんなのまだまだ序の口。さっきはいいところで止められちゃったから朝食を食べたらすぐに続きをやるわよ！」

俺の質問にエリノラ姉さんはそのように答えると、もりもりと朝食を食べ始めた。

自主稽古に連れ出されなくなったけど、確実に稽古の時間が増えていない？

「嫌だよ。俺はもう疲れたから」

「部屋からでもできるんでしょ？　ちょっとくらい付き合いなさいよ」

あれ？　部屋の中からでも稽古に付き合えるから断れる口実が減ってしまっている？　自分が楽をするために編み出した技なのに、自分を苦しめているような。

自動剣術を開発したのは失敗だったかもしれない。今さらながらそんなことを思った。

そろそろいける？

「そろそろ行ってもいい気がする」

以前、俺はカレーに必要な香辛料を集めるためにラズールに赴いた。しかし、その時にサルバという第二王子に出会ってしまい、俺の香辛料探しは頓挫。

ラジェリカにたどり着くなり、転移でコリアット村に逃げ帰ることになった。

あれから三週間経過した今ならいいんじゃないだろうか。

さすがにサルバやシャナリアも俺のことは忘れているだろう。

一人で向かえば転移でこっそりと入ることができるし、思う存分に探し回ることができる。

「よし、もう一回ラジェリカに行こう！」

そうと決まれば実行だ。

俺は速やかに屋敷を出ると平原に向かう。そこで空間魔法を発動。

「転移」

サルバとシャナリアと共に降り立った、ラジェリカの城門前を脳裏にイメージして転移を発動。

「うわっとと！」

雪地から砂漠に転移したために急に足が沈んでビックリした。

とりあえず、防寒服を着ていては暑くて堪《たま》らないので、速やかにラズール風の衣服を身に纏う。肌を覆うような衣服を着ると、太陽の光がかなり和らいで涼しくなった。

脱いだ衣服を空間魔法で収納して落ち着く。

目の前には以前と変わらず城壁が立っている。城門のところには大勢の旅人や商人なんかが列をなして入場待ちをしていた。

しかし、馬鹿正直にそこに向かう必要はない。

俺は転移を使うと、城壁の頂上へと移動。そこからはラジェリカ全体が一望できた。

「宮殿が立派だなぁ」

やはり、一番に目につくのは前世でもあったタージマハルを彷彿とさせる白い宮殿だ。

タマネギのような丸い屋根がついており、高い尖塔を囲うように設置されている。

宮殿の前には庭園が広がっており、いくつもの柱が並んでいるだけでなく、水が流れている。

城壁から見下ろしてみることで初めて見えた部分だ。

砂漠地帯とは思えないほどの自然の豊かさだ。

「あんなものを設置できるだけの豊かさが王族である証なんだろうな」

水や緑が貴重とされる砂漠の国で、誇示するように豊かな庭園が広がっていれば王族の力具合が民にもわかるというものだ。

「宮殿も見に行ってみたいけど、そこにはサルバがいるだろうし近寄らないでおこう」

庭園にはハルバードを手にした兵士がうろついている。

特に観光地や憩いの場として開放しているわけでもないので未練はない。

ラジェリカの全体的な建物はジャイサールと同じ土魔法を利用したものが多い。が、すべてがそうではなく漆喰《しっくい》や大谷石《おおやいし》のようなものを使った白い素材を使った建物もあった。

そして、それらは北側にある宮殿の傍《そば》に密集している。

あの辺りだけやたらと街並みが整備されているので、貴族街のような富裕層が住んでいる区画なのだろうな。

「とりあえず、街に降りようっと」

ひとしきりラジェリカの全体像を確認した俺は、転移を使って適当な家に降り立ち、そこから通りに移動した。

「まずは香辛料が売っているところを探そうかな」

目的はカレーに必要な香辛料を見つけること。なければ、片っ端から香辛料を買い上げて自分で試してみるしかない。

ジャイサールに比べると通りは基本的にこちらの方が広いけど、それに伴って人口や密度も増えているので建物や人はゴチャゴチャとした印象。

富裕区画でもないので建物も土魔法を使ったものがほとんど。

街の規模が大きくなったくらいで結局はあまり変わらないみたいだ。

「へい、少年。チャイはどうだい?」

通りを歩いていると露店を営んでいる青年から声をかけられた。

相変わらずのフレンドリーさだ。ジャイサールだけではなく、最早国民性なのだろう。

聞き覚えがある飲み物に、興味が惹かれた。

「それってミルクティーに似た飲み物？」

「ああ、その認識で間違ってないよ」

近寄って鍋を見てみると、そこにはミルクティーの色をした液体が入っていた。

しかし、普段飲んでいたミルクティーとは香りや甘みが違った。

「そういえば、ミルクティーとチャイの違いってなんだっけ？」

俺が思わず首を傾げると、青年が得意げな表情で語る。

「ミルクティーは沸騰したお湯で茶葉を蒸らした後、カップに注いでミルクと砂糖を混ぜる。だけど、チャイは直接お茶の葉を沸騰させて作るのさ。茶葉を水から煮て、沸騰したところで砂糖とミルクを加えて再沸騰させる。この方法のおかげで、普通のミルクティーよりも強い甘みが出るのさ」

「へー、同じように見えて作り方が微妙に違うんだね」

さすがはチャイを作っているだけあって詳しいようだ。

「後は、ブレンドされたオリジナルの香辛料で作る人によって味が変わるってところかな」

「なるほど、丁寧に説明してくれたし一杯貰うよ」

「毎度あり！」

青年はにっこりと笑うと小さなコップの中にチャイを入れてくれる。

チャイの値段は一杯で賤貨《せんか》三枚。非常に良心的な値段だ。

そのお陰か露店の周りでは、たくさんのラズール人がチャイを飲んで一休みしていた。

国民的な飲み物なのかもしれない。

程よい温かさを保っているチャイを飲んでみる。

口の中に広がるミルクティーの味。

「お、ミント系の香辛料を使っているのかな?」

「ああ、お陰で飲みやすいだろう?」

ミント系の香辛料を使っているのか後味がスーッとしていた。

ミルクティーを飲み慣れている俺からすれば、やはりチャイは甘みが強すぎるように感じるが、このミントのお陰であっさりと飲むことができた。

香辛料が効いているからか、暑い気候でも美味しい。


「お代わりちょうだい」

「あいよ!」

喉も乾いていたこともあり、俺は飲み干したコップにお代わりを注いでもらう。

「ねえ、香辛料がたくさん売っているところに行きたいんだけど、オススメの場所とかある?」

「それならこの通りを真っすぐに向かって、突き当りを左に行けば香辛料通りって場所に行ける。そこなら国中から香辛料が集まっているよ」

なんと。そのような名前がついてしまうほどに香辛料が売っている場所があるのか。

それを聞いた俺は青年に礼を言い、チャイを飲んでから向かうことにした。

香辛料通り

「うわ、めちゃくちゃ香辛料が並んでる」

チャイを売っていた青年の言葉に従って、道を進んでいくと目的地にたどり着いた。

そこはまさに香辛料通りと呼ばれるに相応《ふさわ》しいほどに香辛料を売っている店が並んでいる。

歩けど歩けど香辛料を扱っている店ばかり。むしろ、それ以外の店を探す方が難しい。

それぐらい香辛料の店しかなかった。

そして、あちこちから香辛料の香りがし、混ざり合っているために匂いがすごかった。

もう、とにかくスパイシーと表現する他ないだろう。混ざり過ぎていてどんな匂いか表現することすらできない。

そんな混沌《こんとん》とした匂いがする通りを俺は歩いていく。

店には大きな皿が置かれており、こんもりと積み上げるように香辛料が置かれている。

乾燥させて粉にしたのだろう。赤、黄、緑、白、茶と様々な色合いのものがある。

軒先にはロープがかかっており乾燥前の葉っぱ、香辛料をもみ込んだビーフジャーキーなどが吊るされている。

奥には細長い瓶が置かれており、そこにもやはり香辛料が詰め込まれていた。

「本当に香辛料ばっかりだ」

ミスフィリト王国には、香辛料を売っているお店はほとんどない。

店先に塩、砂糖、胡椒《こしょう》といった基本的なものこそあるが、ここに並んでいるような香辛料は売っていない。

そのせいかここまで香辛料ばかり売っているお店を見るのは、随分と新鮮だ。

王都にもラズール人が店を出しているけど、完全に富裕層向けだからね。

「うわあ、唐辛子が袋詰めに……」

ふと足元に視線を向けると、革袋から溢れるくらいに唐辛子が詰め込まれている。

俺の身長の半分くらいあるだろう。

陽の光を反射して艶々としている唐辛子は見ているだけで舌が辛くなりそうだ。

「あはは、お客さんもの珍しくしてるけど、ラジェリカに来るのは初めて？」

唐辛子を見ていると、店番のお姉さんがクスリと笑った。

日の光で変色した茶色い髪をアップにしており、綺麗なうなじが見えている。

年齢は十五歳くらいで親しみやすい雰囲気で、近所の姉ちゃん感がにじみ出ていた。

キョロキョロとしていたのでお上りさんだと丸わかりだったらしい。

「うん、そうだよ」

「唐辛子が気になってるなら一個食べてみる？」

などと呟いていると、姉ちゃんが一つの唐辛子を差し出してくる。

にこっとした笑みを浮かべているが、その瞳の奥には微かな嗜虐心《しぎゃくしん》のようなものが見えた。

「いらない」

「別にお金はとらないわよ？」

「そう言ってにこやかに渡してくる奴は、ロクな奴がいない。絶対にめちゃくちゃ辛い奴に決まってる」

ジャイサールでラッシージュースを売りつけてきた店主もそんな感じだった。

既に学んでいる俺は同じ手は食わない。

「なぁんだ、既に洗礼済みかぁ。残念」

俺がきっぱりと断ると、姉ちゃんはつまらなさそうな表情を浮かべ唐辛子をぽいっと袋に戻した。しかし、次の瞬間、背後から近寄ってきた女性が拳骨を振り下ろした。

「いった⁉」

「こら、ラーシャ！　そういう悪戯はやめなって前にも言ったでしょ！　客商売は信用が命なんだから！」

「ご、ごめんなさい」

「謝るのは私じゃなくてお客様でしょ！」

「申し訳ございません」

怒られた姉ちゃんことラーシャが深く頭を下げた。

その従順な様子を見るに、相当お母さんが怖いようだ。

「う、うん。別に気にしてないから」

「すみません、お客様。娘がくだらないことをしたお詫びに七味唐辛子でもいかがです？」

別に本当に怒っていないしサービス品もいらなかったが、七味唐辛子と言われると話は別だ。

確か唐辛子をベースに青のり、山椒、黒ゴマなどといった食材を（残りの四種類はよく知らない）ブレンドした調味料だ。

前世でもたくさんあったが企業によって含まれている成分が違い、味も様々だったのは覚えている。

味噌汁をはじめとする汁物や鍋物とあらゆる料理に辛みや香りを加えてくれる万能の一品。

マヨネーズに混ぜても美味しい。

「え、いいんですか⁉」

これには申し訳なさよりも嬉しさが勝ってしまう。

七味唐辛子があれば、料理の幅がさらに広がるからね。

「はい、構いませんよ。ほら、ラーシャ。作ってさしあげな」

「はーい」

ラーシャが返事をすると、お母さんらしき人物は別のお客のところに向かった。

「そういうわけでお詫びに七味唐辛子を作るけど、お客さんはラズール人じゃないから辛いのが得意じゃないよね？」

「作る？　既に調合したものをくれるんじゃないの？」

「うちはお客に合わせてその場で調合するのが売りだから」

へえー、となると七味唐辛子を作るのが見られるってわけか。それは面白いや。

具体的な七つの材料を覚えていないので、どんなものをどんな風に混ぜるか非常に気になる。

「なるほど。お姉さんの言う通り、あんまり辛いのは得意じゃないよ」

「だよね。このくらいの辛さはどう？」

ラーシャは近くにある赤い粉末状のものをスプーンですくって渡してきた。

「ああ、これは辛い奴じゃなくて食べられるか測るためだから」

少しバツが悪そうに言うラーシャ。

さすがに真剣な彼女の様子を見れば悪戯するつもりではないのはわかっていたので、素直に粉末を口に入れてみる。

すると、唐辛子の豊かな風味と旨みが広がった。

少しすると、舌を刺すような痛みが駆け抜ける。

「……ちょっと辛過ぎるかも」

「ええ？　これで辛いって赤ちゃん？」

などと正直に言うと、ラーシャは心底驚いたような顔をする。どうやら俺の舌はラズールの赤ちゃん並の耐久性らしい。

「いや、ラズール人がおかしいだけだから」

「そ、そう。これで辛いならもっと辛みの少ないものにしないと」

やや戸惑った様子で店の奥に向かうラーシャ。

俺が子供だというのもあるけど、ラズール人は辛いものへの耐性が強すぎるだけだと思う。

ジャイサールでも屋台で食べたいくつかの料理は辛すぎだったし。

辛いものはそれほど苦手なタイプでもないんだけどなぁ。

「お待たせ。これならどう？」

先ほどと同じように唐辛子のパウダーのようなものを差し出してきたので、手に取って舐《な》めてみる。

舌先がピリッとするがこれなら十分楽しんで味わえる範囲だ。

「あっ、ちょっと辛いけどこれなら大丈夫」

「よかった。これより辛くないものはうちには無いからどうしようかと思ったわ」

どこかホッとした表情を浮かべるとラーシャはボウルとスプーンを手にした。

「それじゃあ、作らせてもらうね」

ボウルにベースとなる唐辛子のパウダーをサラッと入れた。

他の皿に積み上がっている香辛料にスプーンを入れて、次々とボウルへと入れていく。

赤、白、緑、黒、灰色、黒、赤と様々なパウダーなどが入れられていく。

材料とされる七つの材料は、麻の実、ケシの実、山椒、黒胡椒、ミカン皮、黒ゴマ、唐辛子のようだ。

色だけ見るとヤバい感じにしか見えないな。

全ての材料を入れるとスプーンでそれを混ぜ合わせていく。

実に手慣れた動きでありスプーンを動かしている姿は見ているだけで楽しい。

単純に七つの素材を入れて混ぜるだけでなく、混ぜ合わせながら適宜素材をつぎ足しているようう。

ただ全部の種類を混ぜるだけではないようだ。きっと風味を高めるために入れるタイミングがあるのだろう。

やがてそれらが混ぜ終わるとボウルの中には、知っている七味の色合いとなる。

最初は絵具で色を作っている時のようなとっちらかった印象だったが、実にまとまった色合いになっている。シンプルにすごい。

「はい、これが七味だよ」

完成した七味を俺の手の平に載せてくるラーシャ。

ぺろりと舐めてみると、口の中で山椒の香りがふわっと広がった。

さらにバリッと砕けた黒胡椒やゴマの豊かで味わい深い風味。遅れてやってくる唐辛子のピリッとした辛み。様々な素材が混ざっているのにもかかわらず、きっちりと引き締められているのが素晴らしい。

「おー、ピリッとしていて美味しい！」

「よかった」

俺の感想を聞くと、ラーシャはにっこりと笑って完成した七味をヒョウタンのような木壺《きつぼ》に入れてくれた。

おお、可愛らしい容器でそれも嬉しい。

台所やテーブルに置いておくだけでも映える。

「はい、これが七味唐辛子だよ。焼き魚、汁物、鍋物、サラダと何にでも合うから色々試してみて」

「ありがとう」

「それときっちり蓋を閉めておくのよ。水気のあるところにも置かないで。湿気が入っちゃうと風味が飛んじゃうから」

「なるほど、わかった」

「できれば、冷凍するのがいいんだけど、そんなのは王族や貴族でもないと難しいんだよねー」

「へー、冷凍するのがいいんだ」

それは初耳である。うちには冷蔵庫があるので冷やしておくことにしよう。

曲がり角での邂《かい》逅《こう》

I want to enjoy slow Living

「ねえ、お姉さん」

「ラーシャでいいわよ」

「じゃあ、ラーシャ。ここってクミンってある？」

七味唐辛子を貰った俺は、本題に入るべくラーシャに尋ねた。

俺がここにやってきたのはカレーに必要な香辛料を探すためだからな。

「クミン？　それならシードとパウダーにしたやつがあるわよ」

「本当？」

「ええ」

ラーシャはそのように頷くと店内を移動して二種類の皿を持ってきた。

そこには俺がジャイサールで買ったクミンのシードと、パウダーになっているクミンらしきものがある。

「おお、本当だ！　これって一瓶でいくら？」

「これはちょっと高いやつだから銀貨五枚よ」

「安っ！　ジャイサールだとそれよりも小さい瓶で金貨八枚したんだけど！」

「そりゃ、そうだよ。砂漠をまたいで売られるものはどんなものでも値が上がるから」

「そ、そうなんだ」

ジャイサールの店主がぼったくりだったのではないかと思ったが、そうではなかったようだ。

サルバといた時はサンドプラントに襲われたし、その後は砂に潜んできた変な魚に噛みつかれそうになった。

流砂船に乗っていた時も遠くサンドシャークが跳ねているのを見つけたし、他にもおっかない魔物たちが縄張り争いをしているのを見かけた。

俺は転移を使ったから楽にやってこれたけど、普通の人は徒歩やズオムに乗って、あの中を命がけでくぐり抜けて運んでくるんだよな。

多くの人が命を懸けて物資を運んでくるので、砂漠をまたげば馬鹿みたいに値段が跳ね上がるのも当然か。

「……もしかして、将来はこっちの方が稼げる？」

「え？　何か言った？」

思わず心の呟きが漏れてしまったようだ。

「いや、なんでもないよ。クミンシードとクミンを瓶で二つずつちょうだい」

「いいけど、そんなにお金あるの？　金貨二枚になるけど」

「あるよ」

「……意外とお金を持ってるのね」

チラッと金貨を見せると、ラーシャは実に素直な言葉を吐きながらクミンを瓶に詰め始めた。

水売りの時も思っていたけど、やはりラズール王国の方が物資の値段の幅が大きいな。

砂漠をまたぐだけでこんなにも物価が上昇するのだ。

俺が転移を使って物資を運べば、笑えるくらい安全で楽にお金を儲けることができるだろう。

まあ、美味しい商売があるからといって率先して働くつもりはないけどね。

俺のモットーは働かずに生きていくことだ。不労所得が正義。

お金に困るような直面にでもならないと働くつもりはサラサラなかった。

でも、こっちで物を売る方が効率良く稼げるってわかったのは大きな収穫だ。

ミスフィリト王国ならチビチビとやる必要があるが、こっちでなら一回で済みそうだし。

「ねえ、ターメリックやコリアンダーはある？」

「あるわよ」

「あるの⁉」

あまり期待せずに尋ねてみたが、あっさりと返ってきたラーシャの返答に驚く。

やった！　それならカレーを作ることができる！

「そこまで驚くこと？　こっちはクミンと違って珍しい香辛料でもないけど……」

「そ、そうなんだ」

カレーに最低限必要と言われる香辛料が揃ったので興奮してしまった。

だが、仕方ない。カレーの基礎ともいえる、三種類の香辛料を手に入れることができるんだから。

「はい、これがターメリックとコリアンダーよ」

ラーシャがそう言って黄色いパウダーと薄茶色のパウダーを手に載せてくれた。

ターメリックの方は土くささを感じさせる独特の香りとほろ苦さだ。

カレーを黄色く着色するのに使われ、しっかりとした香りで味に深みを出してくれる。

ターメリックライスの着色にも使われている。

一方のコリアンダーは甘く爽やかな香りの中に、ほんのりとスパイシーさがある。

カレーの中では風味のまとめ役でとろみも加えてくれる陰の立役者。

「うんうん、これだ！」

そして、これらにカレーらしい香りと確かな存在感を放つ、主役のクミンパウダーだ。

これらを合わせることによって、前世の市販にあったカレーとは一味違うカレーが出来上がるのだ。

「合っているならいいわ。こっちは一瓶で銅貨五枚よ」

こっちはクミンと違って、そこまで希少ではないらしく値段もかなり落ち着いたものだった。

「はい、銅貨十枚」

「確かに受け取ったわ。ちょっと瓶に詰めるから待っててちょうだい」

こちらも二瓶分の料金を支払うと、ラーシャが瓶詰めを行ってくれる。

まさかこんなにも早く手に入るとは思わなかったな。

カレーの知識はそれほどあるわけじゃないけど、これで基本的な味は再現できるはずだ。

早く屋敷に帰って――いや、屋敷で料理をすると匂いとか香辛料の出どころとか探られそうだしマイホームで作ってみる方がいいか。

今はとにかく、コリアット村に帰って早くカレーを作りたい。

「……なんか最近はやけに衛兵の数が多いのよねぇ」

ターメリックパウダーを瓶に詰めているラーシャがそんなことを呟いた。

そう言われて、外を見てみると宮殿を巡回していた兵士と似たような恰好《かっこう》をした男たちが通りを歩いている。

他の通行人もそのことに気付いて訝しんでいるようであるが、普段からラジェリカにいるわけではない俺にはわからない。

「そうなの？」

物騒なハルバードこそ持っていないが、シャナリアの持っているようなシミターや槍を携帯している。

「この辺りは治安もいいし、そこまで衛兵は巡回してこないんだけどね。何か事件でもあったのかしら？」

確かに王都でもそういう事件やイベント事がなければ、そこまで頻繁に巡回はしていない印象だった。

衛兵が集まる必要のある出来事があったのだろうか？

……なんか嫌な予感がするな。他国で事件にでも巻き込まれでもしたら面倒なことこの上ない。

カレーに必要な香辛料も揃ったことだし、さっさと帰ることにしよう。

「はい、ターメリックとコリアンダーね。西には治安の悪い区域もあるし、そういうところや大通りから外れた道には行かない方がいいよ」

「わかった。親切にありがとう」

ラーシャから香辛料の入った革袋を貰った俺は、素直に礼を言ってその場を離れた。

ラーシャにはああ言われたけど転移をするためには人目のつかない場所に移動する必要があるしな。

俺は人気《ひとけ》のある大通りから離れるために、小さな通りへと曲がる。

すると、ちょうど曲がり角には人がおり、思わずぶつかってしまう。

「うわっ！」

「すまない、人を探していたもので足元が疎《おろそ》かになっていた。大丈夫か、少年？」

女性にしては少し低い声。

しかし、その声音には確かな申し訳なさと、ぶつかった相手への心配が見て取れた。

さっさとコリアット村に帰ってカレーを作りたいあまり、視界が狭くなっていた。

曲がり角で走ってしまって非常に申し訳ない思いだ。

「いえいえ、こちらこそ急いでいたもので」

差し伸べられる手を取って、俺は立ち上がらせてもらう。

見上げると目の前には赤いマントを羽織り、白と赤を基調とする宮殿を守るような兵士服を着た黒髪の女性が――

「シャナリアさん？」

というか、第二王子サルバの護衛であるシャナリアだった。

俺がぽつりと呟くと向こうも気付いたのか黄色の瞳を大きく見開いた。

「ようやく見つけたぞ！　小僧！」

「なんか知らないけどヤバい！」

その口ぶりから俺を捜して、捕まえようとしていることがわかったのですぐに手を離して逃げる。

「あっ、こら！　待て！」

シャナリアが鋭い声を発しながら追いかけてくる。

普通ならすぐに追いつかれてしまうものであるが、ここは多くの通行人が行き交う香辛料通り。人混みの中へとわざと入る。

「くそ！　待たないか！」

「そんな怖い顔と声で言われて待つわけないじゃん！」

案の上、シャナリアは人混みのせいで思うようにスピードを出せないようだ。

それに対して俺の身体は小さいので縫うように駆け抜けることができる。

荷物も亜空間にさっさと収納しているので身軽だ。

「サルバ様がお前に会いたがっているのだ！」

「だろうね！　わかってて逃げてるんだよ！」

サルバに会わされようものなら今度こそ宮殿や高級宿に連れ込まれるに決まっている。

そうなれば、少なくとも数日は軟禁されるだろう。

転移でやってきている俺は、きちんと屋敷に帰らないといけないのだ。

そうしないと行方不明事件になってしまい大事になる。

だから、サルバと会うのは絶対にダメなのだ。

そう思ってシャナリアの必死な呼びかけを振り切って、俺は人混みを真っすぐに突き抜ける。

すると、不意にピイイイッと甲高い笛の音が鳴った。

「シャナリア様、どうなさいましたか⁉」

「あそこにいる異国の小僧を捕らえろ！　ただし、丁重にだ！」

「か、かしこまりました！」

なんだ？　と首を傾げていると、シャナリアは衛兵を呼びつけて、そのような命令を下した。

衛兵は即座に頷くと追いかけてくる。

さらに衛兵も笛を持っており、笛を鳴らしてさらに仲間を増やしてくる。

「どうした？　何があった？」

「シャナリア様のご命令だ。あそこで走っている異国の少年を捕らえるんだ！　丁重に！」

「わかった！」

笛の音に吸い寄せられてドンドンと衛兵たちが合流してくるのがわかる。

「まさか、ここまでするなんて……」

まるで犯罪者でも捕まえるかのような捕り物になっている。

どんだけ俺に会いたいんだよ、あの気まぐれ王子は。

とはいえ、たくさんの人を配置しようが無駄だ。

俺は人混みの中を抜けると、すぐに裏路地に入った。

「転移！」

そこに誰もいないことを確認した俺は、即座にコリアット村の平原を思い浮かべて転移した。

気が付くと、目の前の景色は薄暗い路地から雪一色の平原になっていた。

「はあ、とりあえず逃げ切れた……寒いから早く着替えよ」

ホッとするのも束の間、俺は白い息を吐きながらいそいそと防寒着に着替えた。

マイホームでカレー作り

I want to enjoy slow Living

ラジェリカからコリアット村に帰ってきた俺は、マイホームへとやってきていた。

家で調理しようとすると香りの強いカレーは色々と迷惑がかかるし、素材の出どころを詮索されやすいからだ。

魔道ランプをつけると、薄暗い部屋の中が明るくなる。

それに伴い部屋の散らかり具合も露わになった。

「……相変わらず散らかっているなぁ」

マイホームの一階部分は広いリビングや台所、お風呂場なんかが広がっている。

主に利用しているのはルンバだ。

台所の方はあまり使用していないせいかすごく綺麗だが、リビングには脱ぎ散らかした衣服や、靴だけでなく冒険者道具などがとっ散らかっていた。

「おーい、ルンバ？　いないの？」

階段を上がって、ルンバの部屋の扉をノックしてみる。

しかし、返事はこない。中の気配を探ってみるがそれらしい気配はしない。

どうやら留守にしているようだ。

「料理の前に掃除かな」

一階に戻ってきた俺は周囲を眺めて思わず呟く。

台所の方は綺麗とはいえ、リビングがこのように散らかっていては集中もできない。

とりあえず、空気が濁っているので換気だ。とはいえ、全部の窓を解放すると、俺が寒くて死んでしまうので一つの窓だけ開放する。

風魔法を使って室内の空気を外に押し出すことで手早く換気を終わらせた。

「これが冬の換気術」

普通に換気をしようものなら十分以上は開けておかないといけないからな。

この方法なら冬に辛い換気でも一瞬で終わらすことができるのだ。

ついでに部屋にあった埃《ほこり》や砂も外に追い出すことができたようだ。

空気をスッキリさせると火魔法で暖炉をつけ、ついでに火球をあちこちに浮かべておく。

こうすることですぐに部屋が暖まるのだ。

次に散らかっているルンバの服をサイキックで洗濯籠に入れてしまう。

革鎧《よろい》やホルスター、武器などの特別な手入れが必要そうなものは手に負えないので、見苦しくならない程度に整理して置いた。

「よし、これで料理ができる」

部屋が一通り綺麗になったところで、ようやくカレー作りだ。

カレーに必要な材料は亜空間に揃っているので、ひたすらにそれを取り出す。

前世ではルーを使用したカレーしか作ったことがなく、スパイスでのカレーは聞きかじった程度の知識しかない。

職場にスパイスから作るカレーにハマった同僚がいたが、その時はあまり興味がなくてほとんど聞き流していた。もっと真面目に聞いておけば良かった。

後悔しても仕方がない。うろ覚えの知識でも何とかするしかない。

まあ、それらしい手順を踏めばカレーらしい料理はできるだろう。失敗しても材料や香辛料はたくさんあるからチャレンジだ。

とりあえず、作ってみるのはシンプルにチキンカレー。

サラダ油を引いたフライパンに、細かく切ったニンニク、ショウガ、タマネギを入れて炒める。

ニンニクやショウガの水分が飛び、タマネギがきつね色になったらバルトロお手製のトマトソースを投入。

ヘラでペースト状にしながら炒めていく。

いい匂いがしているものの今のところただのトマトソース。

しかし、ここに香辛料を入れれば変わるはず。

同僚から聞いた作り方だとこのタイミングで香辛料を入れるはずだ。

しかし、俺はふと気付く。

「……どのくらいの割合で入れればいいんだ？」

クミン、ターメリック、コリアンダーをそれぞれどの割合で入れればいいのかわからない。

首を捻ったところで答えが出るわけでもない。

曖昧な知識を元に作ると決めていたので悩んでも仕方がないな。

「とりあえず、小さじ一杯ずつ入れよう」

他の料理のような黄金比率があるのかもしれないが、俺にはわからない。

とりあえず、三種類を少なめに均等に入れる。濃すぎるとどうしようもないが、薄ければ足していけばいいだけだ。

「おお！　カレーっぽい匂いがする！」

なんて思いながら香辛料を混ぜて炒めているとカレーの匂いがした。

それもインド料理店なんかで嗅いだことのある、スパイシーな香り。

市販のルーを使った甘みの強いカレーとは大違いだ。

わざわざスパイスでカレーを作るなんて面倒くさいだけじゃないかと思っていたが、この豊かな香りを嗅いでみると大違いだとわかる。

「本当にそれっぽくなった」

うろ覚えながら香辛料を混ぜてみたが、まさか本当にそれらしい香りになるとは。自分でもちょっと驚いている。

長年嗅いでいなかっただけに、久しぶりのカレーの匂いに感動だ。

すっかりとカレーらしくなってきたところで水を入れる。

さらにぶつ切りにした鶏肉を入れて、中火でじっくりと煮込む。

焦げ付かないようにしながら煮込んでいると、先ほどよりも強い匂いが漂い出す。

台所だけでなくマイホーム全体がカレーの匂いに包まれているようだ。

「ああ、この匂い……猛烈にお腹が空いてくる」

思えばとっくに昼を過ぎている。ラジェリカでチャイを飲んだだけで昼食は何も食べていなかった。

とはいえ、ここでカレー以外のものを食べる気分にもなれない。

それはなんか負けたような気がする。室内に漂っている強烈なカレーの香りも相まって、すっかりとカレーを食べる気分だからな。

しっかりと煮込み、鶏肉にもしっかりと火が通ったら火を止めて完成だ。

本来なら平行してご飯も炊くべきではあったが、目の前にあるカレーと一刻も早く食べたいために亜空間から召喚して時短だ。

カレーにぴったりな皿を見つけると、そこにご飯を盛り付けて、出来立てのカレーをかけていく。それだけではちょっと物足りないのでご飯の上に細かく刻んだパセリを振りかけた。

「よし、早速食べよう！」

お皿やスプーンを手にして、俺はすぐにテーブルに移動。

イスに座ると、スプーンを手にしてカレーとご飯を一緒にすくって口に入れた。

すると、三種類の香辛料が混ぜ合わさった豊かで香ばしいカレーの風味が広がった。

しかし、それだけだ。

「………………あれ？」

感動のあまり舌が鈍っているのだろうか？

首を傾げて今度はカレーだけをすくって味わう。

だけど、結果は先程と同じでカレーっぽい風味のするドロッとしたシチューでしかない。

そこには前世で味わった思い出の味や、それを越える美味しさなんてひと欠片《かけら》もなかった。

「あれ？　美味しくない⁉」

自分でもビックリで素っ頓狂な声が出た。

「なんでだろ？　香辛料の割合が間違っていた？　それともなんか手順が抜けている？」

もう一度、食べてみるがわからない。

しかし、目の前にあるのは断じてカレーと呼べるものではない。

風味や食感こそ同じではあるが、これはただのスパイスの味がするシチューだ。

食べられないことはないし、カレーの風味を楽しむことはできるが美味しいとはいえない。

これなら鶏肉に香辛料をかけて食べた方が、よほど美味しいだろう。

どうしてこんな結果になってしまったのか。

「おいおい！　めちゃくちゃいい匂いがするじゃねえか！」

スプーンを置いて考え込んでいると、突然マイホームの扉が開いた。

元気な声を上げて入ってきたのはマイホームに住んでいる唯一の住人であるルンバだ。

「おお！　やっぱりアルか！　道理でいい匂いがすると思ったぜ！」

「お帰りルンバ、ちょっと新しい料理を試したくて台所を使ってるよ」

ルンバは身体に降り積もった雪を玄関で落とすと、ノシノシと入ってくる。

「今回のは格別だな！　胃袋にガツンとくる匂いで、すぐに腹が鳴っちまった！」

どっかりと目の前にイスに座り込むルンバ。

お腹を空かせただけなのにどうしてそんなに誇らしそうにしているのかわからない。

「で、俺にも食わせてくれるんだろう？」

当たり前のように告げてくるが、それでも不思議と憎めないのがこのおじさんだった。

◆

「言っとくけど練習で作ったものだからあんまり美味しくないよ？」

イスに座って相伴にあずかる気満々のルンバに俺は告げる。

すると、ルンバは目をくわっと見開き、

「こんなに美味そうな匂いがしてるのにマズいわけがねえだろ⁉」

「うん、俺もそう思って食べたんだけど微妙だったんだよね」

俺も食べる前は同じ気持ちだったけど、そうじゃないんだなー。

さすがに俺の表情から本当だと察したのか、ルンバが怪訝な顔になる。

「……アルがそんな風に言うなんて珍しいな？　こんなにいい匂いがしてるのに微妙なのか？」

「うん、別に食べられないようなレベルじゃないけどね」

「それならいい！　気になるから食わせてくれ！」

「わかったよ」

念を押すように言ったが、ルンバが食べたいというなら問題はない。

何かしらの有意義な意見が聞けるかもしれない。

そう思って気持ちを切り替えて、新しい皿にご飯やカレーを盛り付けた。

「はい、どうぞ」

「おお、ご飯と一緒に食う料理だな！　美味そうだ！」

鰻《うなぎ》丼といい、ルンバはご飯ものの料理が大好きだからな。カレーを前にして輝かんばかりの表情だ。

「ちなみにこれはなんていう料理なんだ？」

「カレーだよ」

「おお、カレーか！　それじゃあ、食べてみるぜ！」

ルンバは感嘆の声を上げると、スプーンを握ってカレーを口に入れた。

すると、ビックリしたように身体を震わせた。

いい匂いとは裏腹に味が微妙なので驚いたのかな？

「微妙でしょ？」

「なに言ってんだ、アル？　普通に美味いじゃねえか！」

「ええ？」

ルンバはそのように叫ぶとガツガツとスプーンを動かしてカレーをかき込んだ。

もしかして、しっかりと混ざっておらず俺の食べたところだけ味が微妙だった？

そう思ってカレーをよく混ぜてから改めて皿に盛り付ける。そして、再び食べてみた。

「……うーん、微妙」

さっきとまったく変わらないカレー風味のシチューだった。

これが市販のカレーのように甘いのであれば、また変わった評価もできようがそうでもない。香辛料で風味こそ利いているが旨みが薄かった。

「そうか？　俺はこれでも十分に美味しいと思えるぜ？」

「これじゃダメだよ」

これは断じてカレーではない。俺の知っているカレーはもっと美味しい。

「アルは料理人だからな。きっと舌が肥えてるんだろうよ」

「いや、料理人じゃないから」

ルンバの言う事は一理あるかもしれない。

食文化の進んでいた前世でカレーを食べてきたので、それが基準となっているのだろう。

カレーを知らない人からすれば、十分に美味しいと感じるかもしれない。

「でも、これじゃあ納得できないんだよなぁ」

「逆に何に納得がいかねえんだ？」

「もっとこう強い旨みがあってスパイシーにしたいんだ。今のままじゃただ香辛料を混ぜ合わせたシチューだよ」

もっと上手い表現があるはずなんだけど、上手く言葉にできないのがもどかしい。

「……確かに言われてみれば、ちょっと物足りなさはあるかもな。なんかパンチが弱えっていうか……」

カレーを一口食べて唸ってみせるルンバ。

やはり、ルンバも物足りなさを感じてはいるようだ。ということは、俺だけの違和感ではないだろう。

「まあ、これはこれで十分に美味いんだけどな！　俺は料理のことはよくわからねえし、ありがたく頂くだけだぜ！」

しばらく真面目な顔で考え込んでいたルンバであるが、そのような台詞を言うと食事を再開した。うん、ルンバに頭脳労働は似合わないしね。

ルンバのポジティブな言葉を聞くと、なんだか元気になってきた。

「最初から上手くできると思っていなかったし、色々と試してみよう」

ただでさえ、曖昧な知識なのだ。成功するまで何度でもやってみるべきだ。

「おお！　カレーが完成するまでの間、味見ならいくらでも引き受けてやるぜ！　これならいくらでも食べられるからな！」

「それは助かるや。じゃあ、もう一回作ってみるよ」

頼りになる味見役をゲットした俺は、再びカレーを作ることにした。

◆

六つ目のフライパンを消費して作り上げたカレー。

さすがに杯を重ねたのでご飯を少なめにして盛り付け、ルンバへと差し出す。

ルンバはスプーンを握り、手慣れたようにご飯と一緒にルーを口へと運ぶ。

「……どう、ルンバ？」

「美味いぞ」

いや、もっと具体的に教えてほしいんだけど。

などと思うが、既に何回も繰り返されたやり取りなので、さすがにこちらも学んでいる。

「じゃあ、最初に食べたものに比べるとどう？」

「すげえ香ばしくなったぜ！」

「他には？」

「……それだけかな？」

「やっぱりそうかー」

自分でも味見をしたのでわかってはいたが、やはりルンバも同じような回答だ。

あれから香辛料の配合具合を変えたり、炒める具材を変えたり試行錯誤しているが芳しい成果は得られない。

唯一変わったとすれば、香辛料の配合でより香ばしくできたことくらいだろうか。

依然としてカレーの風味のするシチューから抜け出せないままでいた。

「うーん、何がダメなんだろう？」

そもそも入れる香辛料が少なすぎるのだろうか？　それとも辛みが足りない？　七味唐辛子でも混ぜてみたら旨みとか出ないだろうか？　あるいは前世でも隠し味に使われていたリンゴとか蜂蜜とか？　でも、そういうのは基本の味があってのものだし、基本のカレーができていないままに入れても美味しくなるとは思えない。

「アル、そろそろ外が暗くなってきたけど屋敷に戻らなくていいのか？」

などと考え込んでいたが、ルンバの心配の声で現実に戻された。

窓の外を見てみると、すっかりと薄暗くなっている。

そろそろ戻らないといけない時間だ。

「そうだね。そろそろ屋敷に――いや、お風呂に入ってから帰るよ」

ルンバに言われて帰り支度を始めようと思ったが、ふと気付いた。

こんなにカレーの匂いをムンムンとさせて帰れば何を言われるかわからない。

特に嗅覚の鋭いエリノラ姉さん、エルナ母さんが、その匂いは何だとばかりに問い詰めてくるだろう。

空間魔法のことを隠すためにもラジェリカで仕入れた香辛料のことは秘密なのだ。

身体の匂いは落とすことは勿論、服も洗濯して着替えないとな。

「おお？　わざわざこっちで入って帰るのか？　風邪引くぞ？」

ルンバが純粋な親切心で心配してくれる。

確かのこの寒い時期に風呂に入って帰れば、湯冷めをすることは間違いないだろう。

マイホームから屋敷までそれなりに距離があるし。

しかし、こっちで風呂に入れないと個人的にすごく困るのだ。

「香辛料を使って料理をしているのは秘密にしたいんだ。だから、匂いを落として帰りたい」

「なんか物騒な仕事をしてる奴みてえな事を言うな」

「危ない仕事なんてしてないよ」

危ない橋こそ渡っているかもしれないが、人様に言えないような裏稼業はしていない。

しかし、次の瞬間、ルンバが何かに気付いたかのような顔をした。

「……さてはアル」

「な、なにさ？」

もしかして、ラズールから持ち込んだ香辛料だって気付いた？　いや、でもここからラズールまではかなり離れている。

買い付けることは不可能に近いので、そんな突飛な真実にルンバがたどり着けるのか？

冷や汗を流しながらも言葉を待っていると、ルンバがニヤリと笑った。

「屋敷の厨房から貴重な香辛料をちょろまかしてるな？」

「バレた？」

全然、違うけどそういう勘違いをしてくれた方が秘密を守ってくれそうなのでちょうどいい。

「まったく悪い奴だぜ。でも、そのお陰で俺はカレーを美味しく食えるからな。バルトロやエルナには秘密にしといてやるよ」

「理解があって助かるよ。じゃあ、風呂に入らせてもらうよ」

「おう」

さすがはルンバ、ちょろい。

これで当分、ここでカレーを作っていても怪しまれることはないだろう。

お風呂場に向かう前に軽く台所を片付ける。

「カレーは冷蔵庫に入れておくよ。三日くらいは保つけど、風味が薄くなるからできれば早めに温めて食べてね」

「おお、アルが母ちゃんみてえだ」

自分でもそう思ってしまったので言い返すこともできなかった。

◆

「うわっ！」

「おかえり」

「ただいまー」

転移でマイホームから屋敷の玄関に入ると、エリノラ姉さんがいたために驚きの声を上げてしまう。

「ちょっと、人の顔を見るなりその反応はどうなのよ？」

「ご、ごめん、つい反射的に……」

やましいことをした後に会いたくない人物ナンバーワンなので、不意に遭遇してビックリしてしまった。

エリノラ姉さんは何かと鋭いから会いたくないんだよね。

「反射的にって余計に悪いじゃない」

エリノラ姉さんがぶつくさ何か言っているのをスルーして、俺は身体にかかった雪を落として靴を脱ぐ。

こういう時は平常心を保っていつも通りに振舞うことが大事だ。エリノラ姉さんは微かな違和感を敏感に感じ取るからね。

というか、この姉。自動剣術による稽古を始めた時にグラビティをかけたというのに、ずっと素知らぬ顔で生活をしている。

もしかして、ずっと気付かないままに生活しているんだろうか？

だとしたら個人的にはすごく面白く思うと同時に、魔力に対して鈍感過ぎる姉が純粋に心配だ。

でも、面白いのでひっそりとグラビティを重ねがけして重力値を上げておく。

「それにしても遅かったじゃない。今日は何してたのよ？」

グラビティをかけた瞬間に声をかけられたので焦ったが、バレた感じではなさそうだ。

「マイホームでルンバとのんびりしてたよ」

「ふうん」

ふうんって何ですか？　女性のその曖昧な言葉は怖いんだよね。どんな意味を含んでいるかわからないから。

「勝手にどこかに行っちゃうから自主稽古ができなくて退屈だったじゃないの」

なんだ。さっきの言葉に特に意味はないのか。

ただ稽古相手がいない故の不機嫌さだったらしい。

俺じゃなくてもシルヴィオ兄さんがいるじゃないかという返答は、古来より繰り返されているのでもう言わないことにした。

具体的にはエリノラ姉さんにノックを要求するのと同じくらい諦めている。

「自動剣術の稽古ならここ最近、毎日のように付き合ってるじゃん。たまには休ませてよ」

「明日は付き合いなさいよね」

「はいはい、わかったから」

俺から言質がとれるとエリノラ姉さんは満足したように微笑んだ。

とりあえず稽古ができるとわかると、満足してどこかに行ってくれるだろう。

などと楽観的なことを思っていると、不意にエリノラ姉さんが眉を潜めて近づいてくる。

具体的には靴を脱いで屈んでいる俺の首元へ。

エリノラ姉さんの吐息が微かに当たっているのか非常にくすぐったい。

「うわっ！　急に何さ⁉」

「……なんか？　微妙に香ばしい匂いがするわね？　嗅いだことのない匂いだわ？」

まさか俺の身体からカレーの匂いを検出したというのか？

念入りに石鹸《せっけん》で身体を洗い、しっかりと歯磨きをした上に、衣服も洗濯してきて新しい衣服に着替えたというのに。

エリノラ姉さんは犬なのだろうか？

「まあ、ルンバの家で料理をしたからね」

マイホームにいて料理をしたことは嘘ではない。

故に俺の声音が震えることも、挙動不審になることもない。

大事なのは己の心すらも黙す建前だ。

俺はこの世界に転生して、それを痛いほどに学んだ。

「そう」

だから、その意味のわからない一言をやめてもらえませんか？　エリノラ姉さんが言うと心臓に悪いから。

「アルの料理といえば、またあれが食べたいわ！　ミルクジェラート！」

「ミルクジェラート？　ああ、コタツに入って食べたいんだね？」

「そうそう！　最近、冷たいものとか食べてなかったから！」

「いいね。また作っておくよ」

氷魔法が使える俺の方が、バルトロよりも楽に大量に作れるからな。

ちょうど俺も食べたいと思っていたところだし問題はない。

「ええ、お願いね！」

ミルクジェラートの件で満足したのだろう、エリノラ姉さんは嬉しそうに笑ってリビングに入った。

俺はエリノラ姉さんの気配が完全に遠くなったのを確認してから息を吐き、自分の部屋へと戻った。

◆

「アル、俺はとんでもねえことに気付いちまったぜ！」

マイホームでカレーを作り続けること四日。ルンバが厳かな表情を浮かべて言った。

「どうしたの？　なにに気付いた？」

実に真面目な表情を浮かべるルンバの顔を見て、俺は期待するような視線を向けて前のめりになる。

「カレーってパンにつけても美味えんじゃねえか？」

「……………あー、うん。そうだね……パンにつけても美味しいよ」

「なんだアルも気付いてたのか！　さすがだな！」

食料棚からパンを掴みとり、カレーもどきに浸して食べると「美味え！」と一人で叫んでいる。

期待外れも甚だしいが、ルンバは実にマイペースだった。

にしても、どうして美味しくならないんだろう。

あれから香辛料の配合量を変えてみたが、最初に作った時のように小さじを均等に入れてみるのが良さそうだ。後は若干割合を変えることで香ばしさが増したりする。

それがわかったのはいいが依然としてカレー風のシチューのままだ。

「おおっ、ちょっと赤みのあるカレーは他のよりも旨みが強いな！」

「どれどれ？　あー、七味唐辛子を混ぜたやつか」

ルンバの指し示したカレーは七味唐辛子を混ぜたものだった。

料理を作っている際は味見をし過ぎて、微妙な味の違いがよく分からなかったが今ならどうだろう。

七味唐辛子入りのカレーを食べてみる。

「あっ、本当だ。辛さもありながらもちょっと旨みがある」

言われてみると若干旨みを感じた気がした。

スパイシーな香りだけでなく、しっかりとした辛み旨みがほのかに混じっていた。

「ということは、その七味唐辛子ってやつをもっと混ぜたらさらに美味くなるんじゃねえか？」

「あるいは、そこに含まれている素材のいくつかを抽出して混ぜたらいけるかも！」

もっと七味唐辛子を入れてみるだけでなく、そこに含まれている唐辛子、山椒、黒胡椒などをそれぞれ単体で入れてみるのもアリだ。

若干、やけくそになって投入してみた七味唐辛子が思いもよらない一歩を見せてくれた。

七味唐辛子以外にもチリパウダーなんかもあったし、それを入れてみるのも良さそうだ。

前回はターメリックやコリアンダーを見つけたことで興奮して帰っちゃったけど、もう一度ゆっくりと吟味したいな。

他にも色々とラーシャに聞きながら香辛料を吟味してみたい。

というか、カレーを持っていってラーシャに味見してもらうのもいいかもしれない。

香辛料屋を営んでいる彼女であれば、このカレーの欠点に気付いて、いいアドバイスをもらえそうだ。

……でも、ラジェリカにはシャナリアがいたんだよね。

思考が活性化して様々な名案を思い付いたが、そこに一点の曇りがよぎった。

サルバがもう一度俺に会いたいとか言って探し回っている様子だった。

あれから数日経過しているとはいえ、まだうろついていたら嫌だな。

宮殿に来いなんて言われたら面倒だし。

香辛料から作るカレーはクミン、ターメリック、コリアンダーで本来は十分なのだ。

きっと見落としている何かがあるはず。もう少し自分の力だけで頑張ってみようかな。

そう思いなおして、今日作り上げたカレーを冷蔵庫に入れていく。

冷蔵庫の中に入れてあった昨日、一昨日《おととい》のフライパンはすっかりと空になっており、台所には洗われて綺麗になったそれらが並んでいる。

冷蔵庫の中にあるのはカレーだけ。他にそれらしい食材はほとんど入っていない。

もしかして、ルンバってば……カレー以外食べていないのでは？　まさかと思いつつも尋ねる。

「そういえば、ルンバ。最近カレー以外のものもちゃんと食べてる？」

「食ってねえぜ。アルの作ってくれたものがあるからよ」

懸念していた出来事がまさかの的中。

「いや、それはマズいよ！　カレーだけじゃ色々と栄養が足りないから！」

「そうか？　ニンジンとかタマネギとか野菜も入ってるじゃねえか」

「そんなんじゃ全然足りないし、栄養が偏りまくりだよ。付き合ってもらっている俺が言うのもなんだけど、よくカレーばっかりで飽きないね」

どんなものでも一日三食も食べていれば飽きる。四日や五日連続となると最早拷問だ。

前世の洗練されたカレーでもきついのに、俺の失敗作ならその比ではないだろう。

「カレーは美味えからな。それにアルのカレーが完成するまで味見には付き合うって約束したしよ」

「お、おお。ありがとう」

まさかあんな軽い会話でした約束を律義に守ってくれるなんてルンバが男前過ぎる。

「でも、カレーだけじゃ身体に悪いから、ちょっと休憩にしようかな」

そう、無理に作って食べてもらわなくても、適当に亜空間にでも収納してしまえばいい。

「おいおい、俺のことは気にしなくていいぜ。俺もアルの言う完成したカレーを食ってみてえんだ。ドンドン作ってくれ」

しかし、ルンバがムッとしながらそんなことを言う。

どうやらルンバに気遣って、俺がカレー作りの手を止めることが我慢ならないようだ。

ルンバは一度決意して前に進むと決めたら、曲がらない男なのだ。

俺がどれだけ言葉を弄しようが、今の態度を貫くだろう。長い付き合いなのでそれを俺はよくわかっている。

……これはマズい。

このまま俺がカレーを完成させないと、ルンバはずっとカレーばかり食べ続けることになりそうだ。

ルンバの健康的な意味や俺の精神衛生的な面でも一刻も早いカレーの完成が求められている。

それにはラジェリカにあるラーシャの店に行く必要があるわけで……。

「わかった。もう少し頑張ってみるよ。でも、今日のところは食材が足りなくなったから帰ることにするね」

「おう、わかった！　また明日も頼むぜ！」

台所を綺麗に片付けると、俺はルンバにお礼を言ってマイホームを出た。

「ちょっとリスクを犯すことになるけど、ラジェリカに行ってみるかな」

なに、ちょっと転移で行ってすぐに戻ってくればいい。

大通りは歩かず、人目に触れないようにラーシャの店だけで完結しよう。

これなら大丈夫だ。

そのように決意をした俺は、空間魔法でラジェリカに転移した。

待ち伏せ王子

コリアット村にあるマイホームの外からラジェリカの裏通りに転移してきた俺。

今いる場所は以前、シャナリアを振り切るために逃げ込んだ裏通り。

大人が二人ほどしか通れない狭くて薄暗い路地には人の姿は皆無だった。

普段はもっと誰の目にもつかない場所に転移するのだが、前回のように大通りを歩いていたら補穫される可能性があったので、今回は少しリスクを犯してラーシャの店の傍に直接やってきた。

防寒着からこちらのラズールの服に素早く着替えると、さっとフードを被って香辛料通りに。

チラリと周囲を窺ってみると、以前と変わらない街模様が広がっている。

相変わらず香辛料通りは多くのラズール人で賑わっていた。あちこちのお店から香辛料の匂いが漂ってくる。

「うわ、衛兵だ」

前方から衛兵が歩いてくるのが見えた。

俺はフードを深く被りなおしてできるだけ肌を見せないようにし、人混みの中に身体を入れる。こうすれば、小さな俺の身体などあっという間に見えなくなるのだ。

「今日も暇だな」

「俺達が暇ってことは街が平和だってことだ。それでいいだろ」

「違いねえ」

衛兵は俺に気付くことなく普通に通り過ぎていった。

そのことに俺はホッとする。

なんだか犯罪者にでもなったかのような気分だ。

まあ、不法入国とかしちゃってるけど、証明のしようもないし悪いことはしてないから。

にしても、衛兵の様子を見る限り、誰かを捜しているような様子はなかった。

のんびりとした会話をしており実に暇そうだ。

もしかしたら、シャナリアは既にいなくなったのかもしれない。ここにはいないと見切りをつけて他のところに行ったのか。あるいはそもそもこの辺りにいないのか。

仮にも王子の護衛をしているお偉いさんなのだ。俺の捜索ばかりにかまけている暇はないだろう。

どこかに行ってしまったのかもしれないな。それだったらあの衛兵の緩み具合も納得できるというものだ。

そんな風に安心感を抱きながらも進んで行くと、ラーシャの店が見えた。

「こんにちは！」

「お、この間のお客さんじゃん！　また買いに来てくれたの？」

挨拶をしてみると、ラーシャは俺のことを覚えていたみたいで笑みを浮かべてくれた。

さすがに異国の子供とあってか印象に残っていたみたいだ。

「うん、七味唐辛子の追加と他にも色々と買ってみたくなってね」

「それは嬉しいね。そんなことを言ってくれるお客さんには、特別にいいのを紹介してあげるよ」

「おっ、なんかすごい香辛料でも入ったの？」

「ええ、ちょっと付いてきて」

カレーと関係があるかは不明だが、面白い香辛料があると言われれば気になる。

ラーシャは俺の手を取ると、店の奥にある部屋に連れて行ってくれる。

色鮮やかな暖簾《のれん》をくぐって奥の部屋に入ると、そこには一枚の扉がある。

「どうぞ」

「ありがと――うっ!?　ええ？」

扉を開けて中に入れてくれたラーシャ。しかし、その直後に背中をドンと押された。

驚きと戸惑いながらも振り返ると、無情にも扉がバタリと閉まった。

「ごめんね、お客さん」

「えっ？　どういうこと？」

ラーシャが申し訳なさそうに謝るも俺には何が何だかわからない。

「やあ、少年。探したぞ」

突然、背後から投げかけられる聞き覚えのある声。

恐る恐る振り返ると、そこにはラジェリカでもっとも会いたくない人物、この国の第二王子であるサルバ＝ラズールが優雅に寝そべっていた。

一目見ただけで高額とわかるような色鮮やかで金糸がふんだんに縫い込まれた布を敷いている。他にも生地の良さそうなクッションや枕があり、妙に生活感が見えている。

右側には護衛であるシャナリアが風魔法で風を送っており、左側には見たことのない男が立っている。こちらも護衛だろうか？

くすんだ茶色の髪を刈り上げており、かなりの強面であるがとても理知的な青い瞳をしている。

何より目立つのはその大きさだ。身長が明らかに二メートルくらいある。

その大きすぎる身長のせいでこの部屋が小さく見えてしまう。

黒く染まった革鎧のようなものをつけており、服の上からでもわかるほどに筋肉が隆起している。

どっからどう見ても近接戦闘系に見えるのだが、その印象とは反対に内包されている魔力が尋常じゃない。

一応、剣を腰に佩いているが、多分俺と同じ純粋な魔法使いタイプだろう。

男性も鋭い視線を送ってくるが、今はそっちに気を取られている場合じゃない。

「え、えっと、どうして第二王子であるサルバ様がここに？」

宮殿にいるはずのサルバが、香辛料通りにあるラーシャの店にいるなんておかしすぎる。

「それはアルと会うために決まっているだろう？」

しかし、当の本人は何を当たり前のことを言っているんだとばかりの態度。俺がおかしいのかな？

「アルが以前やってきた際に多くの時間を費やしていた店はここだ。なにやら香辛料を集めているとわかったから、また来ると思ってこの店で張っていたんだ」

「……もしかして、俺が帰ってからずっとここに住んでいたんですか？」

「ああ、張り込みというやつだな。庶民の家で生活するというのも中々に楽しいものさ」

妙に生活感があったのでおそるおそる尋ねてみると、サルバはそう言って愉快そうに笑った。

こんな普通のお店に第二王子が泊まりにくるとか、ラーシャが可哀想過ぎる。

きっと俺を見つけたらバレないように誘導するよう頼まれていたのだろう。

王族からの頼みとなれば断れるはずもないだろうな。

ラーシャには怒りを抱くことは全くない。むしろ、同情心でいっぱいだった。

俺が変な人と知り合いになってしまったばかりに申し訳ない。

「道理でラーシャがこんなことを……」

「うむ、女というのは子供であっても侮れないものだな。あの娘は実にいい手際でアルをここまで誘い出してくれた」

愉快そうに笑うサルバ。

第二王子じゃなかったら引っ叩《ぱた》いているところだった。

しかし、相手が王族であり護衛が二人もいるので我慢だ。

にしても、ラーシャの態度には全然違和感を抱かなかったな。客商売をしているだけあってか表情や仕草を偽るのが上手いや。

単純なエリノラ姉さんの相手ばかりしていたから、警戒心が鈍っていたのかもしれないな。

「それより、わざわざ俺に何の用です？」

「前回はお前が突如として消えてしまったからな。こうしてゆっくりと話しをしようと思ってな」

「言っときますけど、仲良くなってもサルバ様のところで働いたりしませんよ？」

サルバの魂胆はわかっている。最終的に俺と仲良くなって囲い込むつもりだ。

遺伝子的に氷魔法の素養を持つものが少ないというラズールでは、氷魔法使いはとても貴重だからね。

「ならば、逆に問おう。どうすれば、俺のモノになる？」

そういう台詞を言われてもあまり嫌な感じがしないのは、サルバのカリスマ力によるものだろうか。

「そもそも俺は働きたくないので働くという選択肢は論外ですよ」

「……日給白金貨十枚であってもか？」

「お金の問題じゃないですよ」

俺からすれば、働くということ自体が既にアウトだ。どれだけ高い金を積まれようとも意味がない。

前世は社畜として生きていたので、もう働くことは懲り懲りなのだ。

「大人になって趣味や世間体のために最低限働くことはすれど、誰かのところで縛られて働くつもりはありません」

「甘ったれたことを堂々と言うんだな。だが、それで生活ができるのか？」

俺の主張を聞いてか、シャナリアが呆れたような声で言う。

七歳児が働きたくないなどとごねていたら呆れてしまう気持ちもわかる。

この世界では子供も働いている家庭も多く、子供であっても戦力としてカウントされているくらいだからな。甘ったれるなと言われてもおかしくはない。

「いくつも商品開発をしているので働かなくても入ってくるお金はあるんですよね」

「ほう、それが本当であれば優秀だな」

「そんなもので細々と暮らしていくよりも、サルバ様の元でお仕えした方がいいだろう？　王族直属の士官だぞ？」

感心したように眉を上げるサルバとは反対に眉をしかめるシャナリア。

シャナリアのその言葉は前世でもよくあった類のものだ。

彼らは出世すること幸せであると疑ってやまないので質《たち》が悪い。もはや、宗教といってもいいだろう。俺を勧誘しないでほしい。人の幸せなんて人それぞれだ。

働くことでしか幸せを見いだせないなんてシャナリアも可哀想。

「お、おい。なんだその哀れむような目は？」

「シャナリアさん、出世＝幸せとは限りませんよ？」

「うぐっ！」

俺の一言がクリーンヒットしたのかシャナリアが崩れ落ちた。

「あっ、もしかして仕事以外に充実した出来事がない……？」

「ううううっ！」

ポツリと漏れた言葉でさえもシャナリアの心には深く突き刺さったようだ。

「……アル、それ以上は止めてやれ」

これには主であるサルバも優しい声音でそう言うのであった。

◆

「ふむ、とにかくアルが働きたくないというのはわかった。今は諦めるとしよう」

できれば、今ではなく未来永劫《えいごう》でお願いしたいのだが、あまり拒絶し過ぎるのも失礼なので言わないでおくことにした。

ちなみに先ほどダメージを受けたシャナリアは、部屋の隅っこで膝を抱えて座り込んでいる。

なにやらブツクサ言っているが、触れると面倒くさそうな匂いがしているので放置だ。

「とりあえず、今は俺と友達ということでどうだ？」

「光栄ですが、友達の頼みっていう切り口で色々と巻き込まれそうな気がします」

「細かいことは気にするな。とにかく、俺とアルは友達だ」

なんか誤魔化された気がするが、そのようにお偉いさんに言われてしまっては断ることもできない。

平和な生活を送るためにややこしい立場の人とは距離を置いておきたい派なんだけど、まあ国内ならともかく他国ならいいか。転移でやってこない限り、早々会うことはできないし、向こうはこっちの素性も知らないし。

「わかりました。友達であれば喜んで」

「友達であれば、そのような丁寧な言葉遣いも不要だ。楽な言葉で話していいぞ」

「いえいえ、王族であるサルバ様にそのような馴れ馴れしい口調では話せませんよ」

「気にしなくてもいい」

「本当ですか？　サルバ様は気にしなくても、ため口で話した瞬間にシャナリアさんが不敬罪だとか言ってひっ捕らえてきたりとか――」

「ちっ、本当に聡《さと》いな……」

などと懸念の声を上げると、サルバが露骨に舌打ちをして顔をしかめる。

「やっぱり！」

今日は無礼講などと社長が言って、本当に平社員がため口で話しかけたら翌日には左遷されたなんて話も前世では聞いた話だ。

ああいう言葉は上の者が下の者にも寛容だとアピールするような社交辞令だ。

特に相手の地位が高いほど真に受けてはいけない。

「というのは冗談だ。サルバ＝ラズールの名においてアルを友人だと認める。シャナリアやバグダッドも気にするな」

「「はっ」」

サルバが生真面目な表情でそう告げると、シャナリアや傍にいた男性もしっかりと返事をした。

ここまでされてしまっては俺も疑うわけにはいかないな。

「そこまで言うなら普通に話すよ」

「ああ、それでいい。ところで今日はどんな用事でここにきていたんだ？」

俺の引き抜き作戦をとりあえずは諦めたのだろう。先程よりも気の抜けた態度で話しかけてくる。

「ちょっと香辛料を買いにきてね」

「どこかに売りにでも行くのか？」

砂漠を一人で渡っていることを知っているので、普通に売りに行くと思っているのだろう。

危険な砂漠に囲まれ、常に物資が必要とされるこの辺りでは、ラジェリカの品物を他の場所に持って行くだけでかなり儲かる。その分、危険も高いけどね。

「いや、単に料理に使いたいだけだよ」

「……その料理というのはダリーか？」

香辛料の使い道を話していると大柄な男性が口を開いた。

まるで岩のように静かに佇んでいたので急に喋り出して驚いた。

「ダリー？」

「む？　クミンとターメリック、コリアンダーを合わせた匂いがしたのでそうだと思ったのだが……」

「あっ、そうです！　こっちではそう呼んでいるんですね！」

一瞬なんのことかわからなかったが、それらの香辛料を合わせた料理といえばカレーだ。

多分、こっちではダリーと呼ばれているのだろう。

「確かにそのような匂いが微かにするな」

スンスンと鼻を鳴らせるサルバ。

マイホームでカレーを作ってきたので少し匂いがしたらしい。

「というか、こっちでもあったんだ！」

なんだ、それなら俺が頑張って作る必要もなかったじゃないか。

なんといってもここは香辛料の豊富な国だ。香辛料を混ぜ合わせて作るカレーのようなものがあってもおかしくない。

しまったな。自分で作ることばかり考えるのではなく、もう少し現地をリサーチしとけばよかった。

まあ、前回はシャナリアのせいでそんなこともできなかったんだけど。

とにかく、カレーが現地にあるならこれ以上無理に頑張らなくてもいいや。

「いや、一般的に出回っているものではない。あれは我が一族の民族料理だからな」

なんて思っていたがバグダッドの口から予想外の言葉が。

「え？　そうなんです!?　他に似たような料理とかは？」

「似たようなものは一部出回っているが、あまり味がな……」

「お、おお……」

どうやら一部の人が作ろうとしているが、本家には遠く及ばないらしい。

俺とまったく同じ状態だった。

「その様子からすると、アルもダリーを作ろうとしているようだな？」

「うん、作っているんだけど、どうも旨みが足りなくて。なんかただスパイシーなシチューって感じ」

「……知識が足りなければそうなっても仕方があるまい」

バグダッドが神妙な顔をしながら言う。

その口ぶりや態度からバグダッドの作るダリーとやらは、俺のと違って美味しいのだろう。

「どうだ、アル？　ダリーのレシピを教える代わりに俺のところに――」

「いや、そこまで欲しくはないよ」

「ダメか」

きっぱりと否定するとサルバがつまらなさそうな顔をする。

確かに美味しいカレーのレシピは欲しいが、働いてまで欲しいわけではない。

別にカレー以外にも美味しい料理はあるし、今でこそつまづいてはいるが時間さえかければいずれは完成するのだから。

なんて強がってはいるけど美味しいカレーを食べたいな。

中途半端なものがあるからこそ余計に完成したものが食べたくなる。

「あの、レシピを教えていただいたりとかは……」

「……ダリーのレシピは秘伝だ」

「ですよねー」

この世界では美味しい料理のレシピは宝なのだ。

俺だってレシピをトリエラに教えて、その利益の一部を貰っているので重要具合はわかる。

一族秘伝のレシピとなればなおさら、教えてもらえることはないだろうな。

「……だが、俺の頼みを聞いてくれれば特別に教えてやろう」

そんな風に内心で諦めていたが、バグダッドが予想外のことを言ってきた。

「バグダッドさんにそんな権限があるんですか？」

「族長は俺だ。それくらいの権限はある」

なるほど、族長さんの許可があれば後で面倒ごとにはならないか。

「バグダッドさんの頼み事ってなんです？」

サルバと同じようなことを頼むのであれば論外。

でも、そのやり取りはさっきも聞いていたし違うことのような気がする。

バグダッドが俺に頼みたいことってなんだろう？

不思議に思いながら待っていると、彼はゆっくりと口を開いた。

「俺と魔法勝負をしてほしい」

その言葉を聞いた瞬間、寝転んでいたサルバが急に起き上がった。

さっきまでのつまらなさそうな顔とは一転して、ワクワクとした表情。

面白い見世物が始まったとばかりの顔だ。

「魔法勝負ですか？　そういう危ないのはちょっと……」

いくらカレーのレシピのためとはいえ、魔法をぶつけ合うような危ないことはしたくない。

エリノラ姉さんやエリックのような実力であれば、俺が危険になるようなことはないと断言できるがバグダッドは違う。

魔力量だけでいけば、たぶん今まで会った魔法使いの中で随一だ。

サルバの護衛を勤めるほどの彼が、ただ魔力が高いだけの凡庸な人のわけがない。絶対に一流とか呼ばれる魔法使いだ。

そんな相手と魔法勝負なんてすれば、命がいくつあっても足りない。

俺も魔法には自信があるけど、実戦経験などほとんどないのだから。

「そちらが一方的に魔法を撃ちこんでくるだけでいい。俺はそれを魔法で防ぐだけだ。身の危険を心配する必要はない」

「なるほど」

それなら特に身の危険はないな。魔法を撃ちこむだけでいいのであれば悪くない。

「でも、どうしてこんな頼み事を？」

「俺でも計り知れないほどの魔力を持っている幼き魔法使い。その実力が気になる」

「バグダッド以上の魔力だと!?　あり得ん！」

「それが本当であれば途轍《とてつ》もないな」

バグダッドの言葉を聞いて、いじけていたシャナリアが叫び、サルバが面白そうに笑った。

「確かに人よりも少しは魔力が多いけど、そんなに言うほど？」

「バグダッドはラズール王国の歴史上、もっとも魔力量の多い魔法使いだ。そんな彼ですら計り知れない魔力量ということは、アルはそれ以上の魔力量だと言えるだろう」

「ええっ、本当に？」

それが本当だとするとバグダッドが食いついてきたのも頷けるものだ。

「今まで誰にも言われなかったか？」

「確かに言われたことはあったけど、他人よりも少し多いくらいかなって認識だった」

コリアット村には、ほとんど魔法使いがいないから比較対象があまりいない。

エルナ母さんは同じ魔法使いだけど、俺の魔法に関しては割と放任しているので俺の魔力量が世間では、どのような位置づけになるかは全く把握していない。

転移が使えるように赤ん坊の頃から魔力増量訓練をしていたが、まさかそれほどとは。

なんてことを述べると、サルバは呆れたように息を吐いた。

「アル、前にも忠告したが、もう少し自分の価値というものを知るべきだぞ？」

「う、うん。ちょっと見つめ直すよ」

正直、スケールが大きすぎて理解が追い付いていない。

帰ったら改めてエルナ母さんに尋ねてみようかな。

「話はが逸れたがどうだ？　俺の頼みを受けるか？」

「……レシピのために受けましょう」

俺はエリノラ姉さんのような戦闘狂ではないが、美味しいカレーのレシピを教えてもらうためならいいだろう。

俺はカレーのレシピと引き換えに、バグダッドの頼みを引き受けることにした。

カレーのレシピを懸けて

I want to enjoy slow Living

カレーのレシピを教えてもらうために出された交換条件。

防御魔法を展開するバグダッドに魔法を撃ち込むこと。

それを承諾するとすぐに行われることになり、俺達はラジェリカの外にある砂漠に移動することになった。

さすがに街中では行うことはできないからね。誰も近づく人がおらず、壊れる物もない砂漠がもっとも無難だろう。

サルバは宮殿の近くにある国軍の演習場はどうかと提案されたが、そんなややこしいところに行きたくなかったので却下だ。

バグダッドも万が一の被害を考えると外が良いと言ってくれたので砂漠に決定した。

「『我は求める　砂の大地よ　我が意を為せ』」

ラーシャの家を出て西門を出ると、シャナリアが土魔法を使った。

地面に手を付けると砂が隆起して船を作り出した。

「さあ、乗れ。私がこれを動かして送っていく」

どうやら前回俺がやった時のようにシャナリアが船を動かしてくれるらしい。

「おお、シャナリアさんもできるんですね！」

「ふん、小僧にできて私にできないはずはない」

「アルがいなくなってから毎日練習していたからな。それなりに動かせるはずだ」

「ちょっ！　余計なことは言わないでくださいサルバ様！」

自信満々に胸を張っていたがサルバの一言で色々と台無しだった。

とりあえず、シャナリアが動かしてくれるのであれば文句などない。

サルバやバグダッドが船に乗り込み、俺も続く形で乗り込む。

「出発させます」

最後にシャナリアが先頭部分に乗り込むと、土魔法で船体の下にある砂を操作して、船を動かし始めた。

ザザザザザーっと砂が流れる音がして、船が真っすぐに進んで行く。

おお、こうして人にやってもらうと快適だ。

砂漠も平面ではないので揺れがないわけではないが、砂の上を勝手に船が進むというのは何とも新鮮だ。

なにより誰かに運んでもらっているというのがいい。やっぱり、自分は動かずに楽をするのが一番いい。

などと呑気に思いながら風景を眺めていると、船がガクンと揺れた。

一度ペースを崩したからだろうか、それからも船は不規則な揺れを繰り返す。

ガクガクと揺れて気持ちが悪い。

「ちょっとー、大丈夫ですか？」

「話しかけるな！　今、持ち直そうと集中している！」

軽く声をかけると、シャナリアが実に真剣な表情で答える。

どうやら船体のバランスをとるのに必死なようだ。

シャナリアに話しかけると怒られそうなので、傍で苦笑しているサルバに話しかける。

「俺がいなくなってから練習を積んだんじゃないの？」

「実を言うと、真っすぐに走らせられるようになったのが最近でな」

尋ねるとこっそりと教えてくれるサルバ。

どうやらまだまだ練習中みたいで自由自在にとはいかないようだ。

他人の力で快適な船旅が味わえると思っていただけに残念だ。

「うわっ！」

などと思っていると、急に傾斜を下ったせいか船が大きく揺れる。

そのせいで体勢を崩した俺だが、咄嗟《とっさ》にサルバに抱き留められて事なきを得た。

「大丈夫か？」

「ありがとう、サルバ」

なんだろう。こういうのは可愛い女の子と起きるような定番イベントのはずなのにな。

俺が女の子であれば、実に絵になるイベントかもしれなかったが男同士ではそうはならない。

せめてもの救いは、俺がまだ少年といえる年齢だったことであろう。

これが前世のような年齢であれば、実にむさ苦しいとしかいえない状況だった。

「シャナリアさん、俺が代わりましょうか？」

「その必要はない。私が送り届けてみせる。お前はこれからバグダッドと魔法勝負をするのだろうが。無駄な魔力は消費させられん」

おずおずと申し出るがシャナリアは頷くことはない。

というか、若干ムキになっているような気がする。

別にこの程度の魔力消費など微々たるものなのだが。

「悪いな。シャナリアの好きにさせてやってくれ」

「わかったよ」

シャナリアの練習も兼ねているのであれば仕方がない。ここは彼女に任せるとしよう。

「俺もやってみて驚いたのだが船を動かすのはかなり難しいな。よくアルは起伏の激しい砂漠地帯を動かしていたものだ」

「普段から物を動かすのは慣れているし、海で船を操作したこともあるからね」

それに加えて前世でバイクや車を運転していたことも関係している。

「なるほど、海で船か。その経験は俺たちでは得ることが難しいな」

世界地図を見たところラズールは完全に砂漠地帯だ。

遥か先には大陸が終わり海があるかもしれないが、この辺りで海を目にするのは不可能だろう。

「地道に砂漠で走らせて練習するしかないね」

「ああ、温かく見守ろう」

◆

「バグダッド、この辺りでどうだ？」

「……魔物の気配もありません。問題ないかと」

サルバの問いかけにバグダッドが頷くと、砂漠を走っていた船が止まった。

割と急に止まったせいで慣性が働くが、全員が何かに掴まっていたので事故が起きることはなかった。

「はぁ、はぁ……どうだ小僧？」

かなりの魔力を消耗したらしく息を荒くしながら尋ねてくるシャナリア。

船は揺れるし、何度も座礁していた。正直、乗り心地は最低としか言いようがないが、乗せてもらっているのでそこまでは言えない。

「頑張りましたね。でも、次はゆっくり船を止めてくれると嬉しいです」

「ぐっ！　わ、わかった……」

とりあえず、送ってくれたことに感謝し、改善できるわかりやすい部分だけをアドバイス。

さすがに色々と失敗しているだけにシャナリアが噛みついてくることはなかった。

でも、努力家な彼女のことだから慣れれば、きっと上手くなるだろう。

真面目なシャナリアを微笑ましく思いながらも、俺は砂漠へと降り立つ。

俺たちが降りた場所は、辺り一面が平地になっている。

傾斜といったものは存在せず、遠くに岩がポツポツと存在するのみ。

ラジェリカからもいい具合に遠く、多少派手に魔法をぶっ放そうと問題ないだろう。

日差しがきつくておっかない魔物が徘徊《はいかい》している砂漠だが、遠慮なく魔法を撃てるという意味では羨ましい場所だった。

コリアット村の周囲じゃ危ない属性の魔法は少し使いづらい。特に火魔法とか。

「さてと、俺達は安全な場所に移動するか」

「はい」

体力と魔力が若干回復したらしいシャナリアが魔法で船を動かして遠くへ離れる。

残ったのは俺とバグダッド。

魔法勝負をやることが決まってから彼はずっと黙り込んでいる。

恐らく集中しているだけだと思うが、ピリピリしていて話しかけづらいや。

だけど、気になる部分がある。

「これさえ終わればレシピは教えてくれるんですよね？」

つまり、バグダッドが満足するような適当な魔法を撃ち込めばいいのだろう。

とりあえず、危険がないようなレベルで付き合って満足してもらおう。

「言い忘れていたがレシピを教えるのは、俺の防御を貫いた時だ」

「えっ？」

「適当な魔法を撃って終わりにされたら意味がない」

どうやら誤魔化す気が満々の俺に気付いていたらしい。

「魔法は一発までですか？」

「いや、魔力が続くのであれば、いくらでも撃ち込んでも構わない」

その言葉を聞いてホッとした。

一発という制限であれば、威力の調整が非常に難しかったからだ。

ラズール一番の魔力量と言われる彼が、生半可な防御魔法は展開しないだろうが、もしそれを貫いてしまったら大怪我を負ってしまう。

そんな思いまでしてレシピは欲しくないので、威力調整ができるのは非常に安心だ。

「わかりました。じゃあ、適当な距離まで離れますか」

「ああ」

魔法対決

I want to enjoy slow Living

バグダッドは短く返事をすると、ノシノシと歩いて距離をとる。

彼とは反対の方向に俺も歩いて距離をとった。

そして、適当な距離まで歩いたところで立ち止まって振り返る。

すると、二十メートルくらい先にバグダッドが立っていた。

どこの国でも魔法使いが相対する距離はこれぐらいの距離らしい。

まあ、これ以上近いと近接戦になっちゃうからね。

最近、身体能力にますます磨きがかかっているエリノラ姉さんなんかは、これぐらいの距離があっても一息で詰めてくるので恐ろしい。

遠くの安全圏ではサルバとシャナリアが俺たちを眺めている。

あそこなら被害が届くことはないし、万が一があってもシャナリアが守ってくれるだろう。

「防御魔法をどうぞー」

準備が整ったのでそう声をかける。

とりあえず、防御魔法を展開してくれないとこっちも安心して魔法を撃てない。

俺の声が聞こえたのかバグダッドはこくりと頷くと、両手を胸の前で組んだ。

すると、彼の周囲にある砂がズゾゾゾゾと動き出す。

安定の無詠唱での魔法発動。当然だよね。大量の砂はバグダッドの全身を覆う。

しかし、彼が見えなくなっても砂が止まることはない。より大量の砂を集めて、ドンドンと身に纏っていく。

膨大な魔力によって砂が集まり、身体へと圧縮されているのがわかった。

やがてバグダッドに集まった砂は、騎士のような姿になる。

全量は五メートル程度あり、上半身だけが異常にデカい。

「うえええ、まさか土魔法をそんな風に使うなんて……」

彼がやっているのは単純だ。ひたすらに砂をかき集め、それを魔力で圧縮して鎧にしているのだ。

そんな使い方は考えたことがなかった。さすがは砂の国だけあって発想が面白い。

膨大な魔力で何重にも圧縮された砂はとんでもない硬度と重量を誇っているだろう。

魔力がかなり必要になるが、魔力量が多い彼なら問題ないのだろう。

重量については恐らく身体強化を併用して動かしているのだと思うが、とんでもない身体スペックだな。

あんなものが動いて襲い掛かってくれば、どんな魔法使いや剣士でも逃げるしかない。

「いつでもいいぞ」

砂の鎧から響いてくるバグダッドの声。

一体、どこからどのように響かせているのか気になるが、今はそれを確かめている場合じゃない。

バグダッドの一族に伝わる秘伝のカレーレシピを教わるために、あれを貫かなければいけない。

一番得意な魔法の属性は無属性。だけど、あれだけ高レベルな土魔法を見たら、こっちも土魔法で対抗してみたくなる。

「よし、土魔法にしてみよう」

作り出すのは大きな岩石。

土魔法で造形するためのようなものではなく、魔力の圧縮を五回重ねて硬度を引き上げたものだ。さらにそこへ回転を加えて威力を引き上げる。

魔物にだってこんな高威力の魔法を放とうと思ったことはない。それなのに人間相手に向けるなんて怖いな。

でも、バグダッドはラズールの魔法使いの中でも一番の魔力量を持っているという。実際に目の前にある防御魔法は尋常ではない魔力が練り込まれており、生半可な魔法は通じないことはわかる。それでもやはりもしものことを考えると怖いや。

こんなことを考えるのは俺の経験が足りないのもあるが、性格が戦いに向いていない証拠なのだろうな。

とりあえず、本体がいそうなど真ん中はやめて、少し左側の腹部を狙おう。

そこならもしものことがあっても大丈夫だ。

「まずは小手調べでいきます」

「ああ」

バグダッドから返事が聞こえた瞬間、俺は岩石を射出した。

ビュウンッと空気を切り裂くような音が鳴り、岩石が回転しながら真っすぐに飛んでいく。

それはバグダッドの纏う砂鎧の左腹部に直撃。

「ッ⁉」

砂鎧と岩石がぶつかり合うが、数秒後に俺の岩石が瓦解した。

砂鎧の方が硬度は遥かに上だったようで、岩石が保たなかったらしい。

バグダッドは魔法の衝撃で少し後方へと下がっているが、左腹部は少し凹んでいる程度だった。

「やっぱり硬いや」

あれじゃ鎧を貫いたとはいえないな。

まあ、この程度の魔法では負けるとわかっていたので驚きは特にない。

「一つ、聞いてもいいか？」

「はい、なんでしょう？」

「今の魔法はどのくらいの本気だったのだ？」

「うーん、あんまり威力の高い魔法は撃ったことはないのでよくわからないんですけど、今の十倍以上は威力が上がるかなーと」

込める魔力を増やし、貫くことを目的とした形状変化、魔力圧縮を行えばまだまだ威力は上がるはず。

後はそれほどの高威力なものを俺がきちんと制御して撃ち出せるかの問題だ。

「そうか。想像以上だ。こちらも本気を出そう」

バグダッドはそのように言うと、さらに追加で土魔法を発動した。

まるでここら一帯が蟻地獄《ありじごく》にでもなったかのように砂が流れ、それらがドーム状に隆起した。

バグダッドを包む大きさのドームが出来上がると、また砂が隆起してそれを覆うようにドームができる。同じように三層目、四層目、五層目とドームができてそれが幾重にも重なっていく。

「……マトリョーシカかな？」

もはや、動くことをまったく考えていない引きこもり具合。

だけど、何重にも重ねられた障壁ドームはとんでもない防御力だろう。

砂鎧だけでもすごかったというのにここまでするなんて大人気ない。

カレーのレシピを教えるのを惜しいと思ったのだろうか。なにせ一族の秘伝のレシピだ。

彼が意地になって守りたくなるのもわかる。

だけど、俺はそのレシピが欲しい。

ここまでやらせておいて、やっぱりレシピは教えませんなんて労力に見合わなさ過ぎる。

バグダッドに魔法を撃つことに対して腰が引け気味だった俺だが、ここまで意地悪をされるとムカつくというものだ。

「次はもうちょっと威力を上げるからね」

ムッとしながらも再び土魔法を使用。

ただし使う魔力は先程よりも何倍も多い。

とりあえず、自分の中でコントロールできるであろう砂をかき集めて、それを魔力圧縮でドンドンと固めていく。

十メートルほどの大きさをしていた砂が圧縮によって、五メートル、三メートル、一メートルとみるみる縮む。

小さくなったらまた砂を集めて同じようにひたすら圧縮だ。

もう何度魔力圧縮を繰り返したかわからないや。それくらいの数の圧縮を重ねた。

気が付けば目の前には一メートルほどの岩石ができており、魔力の影響のせいか色が黒ずんでいた。

とりあえず、このくらいでいいだろう。まだまだ圧縮はできるけど、いきなり高威力にするのも怖いし。

圧縮を終えるとそこから形状変化だ。障壁や鎧を貫くために可能な限り尖《とが》らせる。

貫通性と安定性を向上させるために螺旋《らせん》状の刻みも入れた。

そして、それを高速回転。

自分の目でも確認できないほどに回っており、キーンと甲高い音が鳴っている。

とりあえず、これくらい威力を上げれば障壁ぐらいは全部割れるんじゃないかな？

後はこれを飛ばしてから鎧を貫けるように最終調整をすればいい。

「いきますよ！」

「…………」

声をかけてみるが返事はない。

あったとしても障壁のせいで聞こえないんだろうな。

十分に時間をとったので問題ないと判断した。

瞬間的に魔力を送り込んで加速を加えて黒岩石を放つ。

射出してから数秒遅れてキュインッという甲高い音が鳴る。

放たれた黒岩石はバグダッドの展開したドームをあっさりと貫通。

障壁ドームが一気に崩れ、バグダッドが両腕を伸ばして黒岩石を受け止める。

が、黒岩石の威力が強すぎたのかバグダッドが大きく後退していく。

「ぬおおおおおおおおおおおおおおおおおおおおおおおおおおおっ！」

咆哮《ほうこう》を上げながら魔力をつぎ込んで黒岩石を止めようとするバグダッド。

あれ？　思ったよりも威力が強かった？

吹き飛んだその進路には観戦していたサルバやシャナリアもいるので心配だ。

止められるよね？

なんて俺の心配も虚しく、バグダッドの砂鎧が一気に弾け飛ぶと、生身のバグダッドが露出した。

シャナリアはサルバを連れてサンドウォークで避難するが、退避が間に合わない気がする。

「やばっ！」

バグダッドだけでなく、サルバ、シャナリアの身も危ないと思ったので、俺は大慌てで黒岩石の軌道を逸らす。

すると、バグダッドの防御魔法のお陰で威力が減衰していたからか、すんなりと軌道は逸れ、黒岩石は彼方《かなた》に飛んでいった。

◆

黒岩石を逸らすと遠くまで飛んでいって最早どうなったのか俺にはわからない。

まあ、こんな砂漠に誰にもいないだろうし、適当にどこかで止まるだろう。

黒岩石から意識を切り替えて、とりあえずバグダッドのところに寄っていく。

サルバやシャナリアが無事なのは確認済みだ。

「えっと、大丈夫ですか？」

「あ、ああ。すまない、俺が不甲斐ないせいで迷惑をかけた」

砂鎧の残骸らしきものが辺りに散らばっているが、バグダッド自身は無事なようだ。

多少のかすり傷などはあるものの、派手に怪我をした様子はない。

そのことにひとまずホッとする。

「バカ者！　なんという魔法を放つのだ！　我々を殺す気か！　サルバ様にもしもの事があったらどうする！」

「よせ、シャナリア。元より見たいと言って付いてきたのは俺だ。アルのお陰で結果的には無事だったんだ。責めるのはお門違いだ」

サルバがそのようにフォローしてくれると、シャナリアはそれ以上非難することはしなかった。

障壁を貫く程度だと思っていたが、まさかここまでになるなんて思いもしなかった。

色々と危険な目に遭わせてしまったので申し訳ない気持ちでいっぱいだ。

「それにしても、ラズールの守護神と謳《うた》われるバグダッドの防御魔法を撃ち破るとはな。バグダッドの後ろにいれば一番安全だと思っていたが肝が冷えた」

「えっ？　バグダッドってそんなにすごい人だったの？」

魔力量が一番すごいとは聞いていたけど、そこまでとは聞いていない。

「この国でバグダッド以上の防御魔法の使い手はいないな」

「……そ、そうなんだ」

それを貫く俺の魔法って、ヤバいんじゃないだろうか？

今まで本気で魔法を使わなかったのは正解かもしれない。

「少年――いや、アル。教えてほしいことが一つある」

寝そべっていたバグダッドが気だるそうに上体を起こしてこちらを向く。

高身長の彼が座り込むと、ちょうど立ったままの俺と視線が同じくらいだった。

「なにかな？」

「……今の魔法は本気だったか？」

正直、まったく本気ではなかったが、そんなことは言いづらい。

バグダッドは防御魔法に自信をもっている魔法使いだ。彼の心を傷つけないためにも謙遜しておくのがいい。

でも、真っすぐこちらを見つめる彼の青い瞳を見ると、そんな気持ちは失せてしまった。

そこには純粋な魔法使いとしての疑問があるように見え、真実を求めているような気がした。

「いや、本気じゃないよ」

「……そうか。世界というのは広いものだ。俺ももっと修練を重ねなければいけないな。正直に伝えてくれて感謝する」

俺のそんな言葉にバグダッドは怒るでもなく、純粋な向上心と感謝を見せた。

実に真っすぐでいい男だ。

一族の秘伝

I want to enjoy slow Living

バグダッドの頼み事を終えた俺たちは、再びラーシャの家に戻ってきた。

「さて、約束通りダリーのレシピを教えるとしよう」

「おお、待ってました！」

そう、バグダッドからダリーならぬ、カレーのレシピを教えてもらうためだ。

クミン、ターメリック、コリアンダーといった香辛料なんかは店に豊富に置いてあるし、特別な香辛料はバグダッドが持ち歩いているために丁度いい調理場となった。

王族の遊び場と化しているラーシャ家が実に可哀想であるが、謝礼として膨大なお金が支払われているらしいので気にしないことにした。

ラーシャ家の基本的な厨房の造りは、コリアット村の民家とそれほど変わりがない様子。

ただ香辛料の加工や処理を頻繁にするために厨房は結構広めだ。

香辛料を使う料理が多いからか、たくさんの調味料や香辛料が置かれているくらい。

ちなみに厨房にいるのは俺とバグダッドだけだ。

ダリーのレシピは門外不出なので、サルバやシャナリアであっても教えることはできないためだ。

「では、一族秘伝のダリーのレシピを教えよう」

「お願いします！」

「まずはクミン、ターメリック、コリアンダーを使った基本的なものからだ」

つまづいていたので料理をしながら教えてくれるのは実に嬉しい。

薪に火をつけると簡易コンロの上にフライパンを載せて、そこに油を引く。

「まずはホールスパイスだ。マスタードシードを小さじ一杯、カシア、カルダモン、クミンを投入する」

「えっ、なにその工程。もうここで香辛料を入れるんですか？」

「これはテンパリングという方法で油に香辛料を馴染ませる料理法だ。絶対に必要とまでは言わないが、最初にこれをするのとしないのでは大きく味や香りに差が出る」

「な、なるほど」

スパイスカレーにそんな調理工程があるなんて知らなかった。

俺はバグダッドの言葉を聞いてしっかりとメモをとっておく。

「他にも入れられる香辛料はフェヌグリーク、コリアンダー、ニゲラと複数あるが三、四種類程度で十分だ。この時に重要なのは絶対に焦がさないことだ。焦げてしまうとダリー全体が台無しになる。そうなったら捨てた方がいい」

「そんなに……」

どうやら思っていた以上に重要なものらしく、バグダッドの言葉に俺は驚く。

油に香りがしっかりと移ると、大きいホールスパイスを軽く取り除く。

しかし、綺麗に全部をとる必要はなく、気になる部分だけらしい。

そして、刻んだタマネギやニンニク、ショウガを入れて炒めていく。

「うわあ、いい香り」

この時点で既にいい香りがしており、俺が作った時とはまったく違うのがよくわかった。

そこからの工程は俺がやっているのとほとんど同じだ。

タマネギがきつね色くらいになるまで炒めると、クミン、ターメリック、コリアンダーといった三種類の香辛料を加え、トマトソースや鶏肉などを混ぜていく。

香辛料の配合具合は小さじ一杯程度で、俺の作っているカレーと大きな違いはない。

一体、どこで大きな差がつくというのか。

「煮込む際には水の他にラッシーを入れると辛さが抑えられてマイルドになる」

「なるほど」

前世でもカレーにヨーグルトを入れるというのを聞いたことがある。あの工程にはそのような意味があったらしい。

もしかして、これか？　これなのか？　でも、これはあくまでマイルドな味にするための処置で無くても構わない部分だ。

きっとこれ以外に大きな要素があるはず。

バグダッドの調理工程を見逃さないように観察していると、彼はとある調味料を手にした。

「後は塩を加えて味を調え、好みで香辛料を足して煮込むだけだ」

「塩っ⁉」

サッと塩を投入するバグダッドを見て、俺は驚愕《きょうがく》の声を上げた。

「……作っていた時には塩を入れていなかったのか？　香辛料はあくまで香辛料であって旨みはない。塩を加えなければ味はしないぞ？」

「そ、そうですよね。ああ、俺の作ったものに足りないのは塩だったのか……」

俺の作ったカレーにどうして旨みがないのかわかった。

香辛料の配合具合、素材不足、調理工程が足りないのではなく、ただ単に旨みを出して味を纏める塩が足りないだけであった。

衝撃の事実に愕然としていると、煮込み終わったのかバグダッドがルーを皿に盛り付ける。

「食べてみろ」

スプーンを手にして、バグダッドの作ったカレーを恐る恐る口に運ぶ。

「美味しい」

バグダッドが作ってくれたものは紛れもなくカレーだった。

これこそが俺の目指していたスパイスカレー。

市販のルーで作ったものとは違い、芳醇《ほうじゅん》な香りと旨みが濃縮されている。

ラッシーが入っているお陰か、少しきついように思える香辛料も程よくマイルドになっており、とても食べやすい。

ああ、俺はこういうカレーが食べたかったのだ。

旨みとコクがきちんとあるこういう味を！

「基本的なダリーはこんな感じだ。そして、こっちに書いてあるのがそれらを応用して作った秘伝中の秘伝レシピだ」

そう言ってバグダッドがメモ用紙を渡してくる。

そこには工程こそあまり変わらないものの、数多の香辛料を組み合わせたカレーのレシピが書かれていた。

ラズール人が好むような激辛なものや、辛いものが抑えられたマイルドなものまで。

香辛料やそこに加える隠し味の作り方まで細かに書かれている。

「一族の秘伝だ。申し訳ないが不用意に他人へとレシピを広めるのは控えてほしい。まあ、勝手に真似される分には構わないがな」

「わかりました！　こんな貴重なものをありがとうございます！」

「世界の広さ、己の未熟さを教えてくれた礼だ。これで俺は驕《おご》ることなく前に進める」

ぺこりと頭を下げると、バグダッドはどこか晴れやかな表情で笑った。

高い魔力量と技術を誇るバグダッドだが、彼には彼なりの悩みのようなものがあったらしい。

詳しいことはわからないが、彼が満足しているのならそれでいい。

俺も美味しいカレーを作る手がかりを得ることができて大満足だ。

「おい、アル！　バグダッド！　ダリー作りはまだ終わらないのか！　こんなに暴力的な匂いを放ってもらっては堪らんぞ！　終わったのなら早く食べさせろ！」

「サルバ様、あまり急《せ》かすというのは……」

「うるさい、シャナリア。そう言いつつも口から涎が出ているぞ」

「こ、これは涎などではなく汗です！」

「フン、随分と局所的な汗が出るものだ」

バグダッドと共に感傷に浸っていると、奥の部屋の方からサルバとシャナリアの騒がしい声がする。

それを聞いた俺とバグダッドは顔を見合わせて苦笑した。

「それじゃあ、俺は帰るよ」

バグダッドの作ってくれたダリーを食べ終わると、俺はラーシャの店を出た。

「おいおい、またしても帰るつもりか？」

すると、サルバやシャナリア、バグダッドもぞろぞろと店を出てくる。

「俺みたいな身分の低い者は宮殿なんて荷が重いよ。それに一度入ってしまったら強引に取り込まれそうだし」

「別に今さらそんなことをするつもりはないが、アルがそう言うのならばしょうがないな」

「ちなみに尾行をつけたら撒《ま》くからね？」

「ボーっとした見た目とは違って警戒心が強いな」

妙にあっさりとした態度だったので釘を刺しておくと、サルバは舌打ちをした。

「前回は急に姿を消したが、一体どうやったんだ？」

「それは秘密」

「やれやれ、俺の新しい友人は随分と秘密が多いようだ」

言葉を弄して誤魔化す態度すら見せない俺にサルバは肩をすくめた。

「念のために聞いておくが、またここにくるんだな？」

「勿論。ダリーを作るためにはここの香辛料が必要だしね」

「それならいい。必ずまた遊びにこい」

「わかった」

俺の返答にサルバは納得したように頷いた。

俺に秘密があるとわかりつつも詮索はしないでいてくれるようだ。

それはとてもありがたい。

俺はともかくサルバはこの国の第二王子だ。

色々なしがらみもあるだろうし、互いにとっていい距離感を保っていた方が、楽しい関係を築けるだろう。

「小僧、次こそは上手く船を操ってみせるからな！」

「本当に頼むよ？　あのままじゃ乗れたものじゃないから」

シャナリアの動かす船は揺れが酷過ぎる。並の者であれば、船酔いのような状態になってしまうだろう。

俺が快適な砂漠の船旅をするためにも、彼女にはしっかりと操船技術を磨いてもらいたいものだ。

シャナリアの挨拶が終わると、次にバグダッドが前に出てくる。

改めて立った状態で目の前にやってこられると迫力が違うな。

バグダッドは厳《いか》めしい表情のままゆっくりと口を開けた。

「……またいつか魔法勝負を受けてはくれないだろうか？」

「あんまり気が進まないけど、俺が一方的に撃ち込むだけでいいなら」

スローライフをおくるのがモットーの俺は、バグダッドのような実戦向きの技術を鍛える必要はない。

今回のようなヒヤリとするような出来事も勘弁なのだが、彼にはカレーのレシピを教えてくれた恩がある。だから、これぐらいが俺にできる妥協ラインだ。

「それで十分だ」

そのように伝えると、バグダッドは満足そうに頷いた。

バグダッドが離れると、最後にラーシャが寄ってくる。

「え、えっと、お客さん。騙すような真似してごめんね？」

「気にしてないよ。むしろ、変な人と知り合いなせいで大変な目に遭わせてゴメンね？」

申し訳なさそうにしているラーシャであるが、今回の一番の被害者は彼女に違いない。

店を営業していたら王族が押しかけて泊まりにくるなんてあり得ないだろう。

破天荒なサルバだからこそやったのだと思うが、王族を住まわせるなんて肝が冷えたに違いない。

なにせ万が一のことがあれば、こちらの命など軽く捻り潰せる相手なのだから。

「それこそ、気にしてないよ。お金もたっぷり貰えたから、当分は贅沢《ぜいたく》な暮らしができるし、珍しい香辛料だって仕入れることができる！」

しかし、ラーシャはそれほど気にした様子はなく、そのようなことを言って笑った。

前向きでありながら随分と強いメンタルをしているものだ。

「それじゃあ、また買いにくるよ」

「ええ、また来てちょうだい」

ラーシャたちに見送られながら俺は去る。

香辛料を買いにきただけなのに今日は色々とあったものだな。

だけど、その労力に見合う成果は手に入れた。

美味しいカレーの調理法と、バグダッドの一族に伝わる秘伝のダリーのレシピ。

中々にハードな一日であったが、これらが手に入ったと思うと悪くないだろう。

適当な裏路地に入り、周囲の気配を探ってみる。

特に俺を尾行してくるような人の気配はなさそうだ。

これでコリアット村に帰って、思う存分にカレーを作ることができる。

しかし、いつまでも嗅覚の鋭いエリノラ姉さんを誤魔化し続けるのも苦しいな。

この前も屋敷に帰ったらいい匂いがするとか言って、怪しんできたし。

最近はエルナ母さんやミーナ、サーラと結託して探りを入れてきている気配を感じる。

隠れてカレーを作り続けるのも面倒だし、適当に香辛料を混ぜたらできたと食べさせてみるか？

そうなると問題なのは香辛料の出処だ。

こんな香辛料はコリアット村では絶対に手に入らない。

王都にあるラズールの専門店であれば、ワンチャン置いてあるか？

国をまたいでいるせいでバカ高くなっているかもしれないが、置いてある可能性はある。

以前、王都に行った時に少量だけ買い込んだと言えば、怪しまれないだろう。

しかし、念のために王都のお店を確かめておく必要がある。

香辛料が少量しか無いといえば、カレーをたくさん作り続ける必要もないしな。

「よし、念のために王都の店を確かめよう」

俺は転移で王都を経由して帰ることにした。

◆

ラジェリカから王都へと転移してきた俺は、北区画にある貴族街にやってきていた。

ラズールの香辛料を取り扱っている店があるのは、以前エルナ母さんの実家に向かった時に確認済みだ。

相変わらずここには貴族や商人といった富裕層ばかりで、立ち並んでいる家々も豪華だ。

さすがに全てがうちの屋敷並に大きいわけではないけど、このような一等地にこれだけの大きさの家を用意できるのはすごい。

ここが本拠地ではなく、きっと他の場所に別邸を持っているのだろうな。

雑多なメインストリートとは違ったブルジョワな雰囲気を感じながら、俺は過去の記憶を頼りに歩いていく。

「おっ、あったあった」

漆黒のレンガで造られた二階建ての店舗。

看板には大きく『ラズール香辛料専門店』と書かれている。

貴族街の中でもちょっとした異色の空気を纏っていたので、以前通りかかった時にもかなり記憶に残っていた。

透明な窓から室内の様子を窺ってみると、大量の棚が並んでおり、そこには香辛料の入った瓶が丁寧に置かれている。

中心部分は三段になった陳列棚が置かれており、やはりそこも丁寧に瓶詰めにされた香辛料があった。

「……ラズールとは大違いだ」

ジャイサールやラジェリカの店ではもっと雑多に置いてあった。

ラズール人の適当な性格もあるのかもしれないが、文字通り腐るほど香辛料があり大して貴重でもないからなのだろう。

それに富裕層が相手なら雑多に並べるよりも、こうやって高級感を演出した方がいいんだろうな。

店主も国や客層に合わせて売り方を変えているようだ。中々にやり手だな。

ラズールから取り寄せた香辛料は人気が高いのか、店内はそれなりに賑わっている。

「とりあえず、中に入って――あっ！」

店内に入ろうと思った俺だが、それとなく視線を巡らせると見覚えのある顔が見えてしまった。

紅の髪に黒のドレスを身に纏った美少女、アレイシア。その後ろにはアレイシアの日傘を持って控えているメイドのリムもいる。

それを確認した瞬間、俺は即座に身を伏せて転移を発動。

店の屋根へと転移して身を隠す。

「――っ！」

恐る恐る屋根から下を確認してみると、リムがガラガラと窓を開けてわざわざ顔を出して下を覗き込んでいた。

危ない。ただ身を伏せているだけじゃバレているところだった。

こういう輩《やから》は念入りに屋根まで見てくるのが定番なので、顔を出すのも止めて完全に身を潜める。

「急にどうしたのリム？」

「……今、ここに誰かがいました」

「誰もいないわよ？」

「芝生が微かに凹んでいます。靴のサイズからして子供でしょうか？　形跡からしてほんの少し前までここにいたのは確かです」

屋敷に来た時も思ったけど、一目でそこまで見抜くなんてやっぱりリムは普通のメイドじゃないよね。護衛を兼ねているのは間違いない。

「リムでも姿を捉えることができないなんて何者かしら？」

「……お嬢様、今日のところは屋敷に戻りましょう。ここは危険です」

「もう少しお買い物をしたかったのだけどしょうがないわね。店主、ここの棚に陳列しているものを買うわ。後でリーングランデ家の屋敷に届けてくれる？」

「かしこまりました。すぐに届けさせていただきます」

正体不明の気配を警戒してかアレイシアとリムは買い物を切り上げることにしたようだ。

妙な心配をさせて申し訳ないが、ずっと店にいられては俺が店内に入ることができないので助かる。

買い物を手早く済ませると、リムが店を出てきた。

しきりに周囲を見渡し警戒しながら近くに停《と》めてあった馬車を呼び寄せる。

最後に店から出てきたアレイシアを衆目に触れさせないように迅速に丁寧に馬車へ。

そして、すぐに馬車を走らせ彼方へ。

なんだか日ごろからこういったことに慣れているような動きだった。

公爵令嬢ともなると色々と狙う者もいて、それなりの苦労があるんだな。

転生する際には神様に公爵やら皇子やらが空いていると言われたが、気ままな田舎貴族を選んでおいて本当に良かった。

◆

アレイシアの乗った馬車が見えなくなると、俺は転移で店の前に降りた。

もう一度店内の様子を外から窺い、他に知人がいないことをしっかりチェックしてから中に入る。

「いらっしゃいませ」

ラズール人と思わしき恰幅のいい店主がにこやかに挨拶をしてくれる。

肌の色はそこまで濃くはないので、エリックやルーナさんのようなハーフなのだろう。

奥の方では同じくハーフと思わしき従業員が忙しなく動き回っている。

先ほどアレイシアが大人買いをしていたので、急いで届けるための準備をしているのだろう。

棚からごっそりと香辛料の入った瓶が、箱詰めされていくので優先的にそこを見て回る。

「申し訳ありません、お客様。そこの棚はつい先程、他のお客様が全て購入されてしまったので全て売り切れとなります」

「構いません。どんな香辛料があるのか確かめたいだけですので」

「そうですか。では、ごゆっくりとどうぞ」

そのように伝えると、店主は安心したような顔になる。

今回は購入ではなく、どんなものが置いてあるかのチェックだからね。

棚に並んでいる香辛料をひとつひとつ確認していく。

「おっ、クミンやターメリック、コリアンダーもある」

視線を巡らせていくと、カレーに必要な三種類の香辛料はきっちりと置いてあった。

なんだ。ここにもきっちりあるんだったら前にきた時に、しっかり確かめておけばよかったな。

などと思いながら価格を見てみると、一瓶で金貨三十枚以上の値がついていた。

思わず「高っ！」という叫び声が出そうになるが、何とかそれを呑み込んだ。

ラーシャの店ではこれよりも大きな瓶で銅貨五枚だった。

それよりも遥かに小さな瓶で少量しか入っていないのに、国を跨ぐとここまでの値段がするなんて。

まあ、砂漠を一つ跨げば劇的に値段が上がると言っていたし、砂漠を越えて国を越えるとこれぐらいの値段になるのも仕方がないのか。

クミンに至っては一瓶で白金貨一枚。希少なものだけあって高い。

というか、これを普通のショッピング感覚で棚買いしてしまうリーングランデ家の財力は凄《すさ》まじいや。

「何かお求めのものはございますか？」

「いえ、ちょうど売れてしまったみたいなので出直すことにします」

「時間はかかりますが取り寄せることも可能ですが……」

「いえ、そこまで急ぐものではないので」

転移でいつでもラジェリカに行ける俺からすれば、わざわざ高い国内で買う必要はない。

とりあえず、王都でも材料が揃うという証拠が欲しかっただけだ。

俺は適当な理由を述べると店を出て、今日のところは屋敷に転移で帰った。

スパイスカレーの完成

I want to enjoy slow Living

「ほらよ？　俺に女なんていねえだろ？　アルが来てるだけだっての」

「ぬぬぬぬぬぬ」

バグダッドにカレーのレシピを教えてもらった翌日。

俺がマイホームに入るなり、ルンバがこちらを指さしながらそう言い、ゲイツがつまらなさそうな顔をした。

「なになに？　何の話？」

ゲイツがマイホームにいることは別に珍しくない。

ルンバと遊ぶために顔を出すことが多いからだ。

それに森にいる魔物を間引く際には、ここを活動拠点として利用することもあるしね。

それよりも気になるのは、二人が話していた内容だ。

ルンバに女が云々と言っていたので非常に気になる。

「最近俺がすんなりと家に帰るからゲイツが勝手に疑ってよぉ。俺に女がいるんじゃねえかって」

「いつもは食堂で飯を食っていたルンバが、急に家に帰りだすんだぞ？　それも家には作り置きした飯があるって言うじゃないか。これはルンバに女の影があると疑ってもしょうがないだろう？」

なるほど、最近やけにつれないルンバの様子をゲイツが疑っていたようだ。

確かにいつもはノリのいい友人が、急に飯時になって家に帰れば疑うのも無理はない。

俺もルンバが殊勝に家に帰る姿を見たら、怪しんでしまう自信がある。

「そういうわけだったんだ。ただ単に俺の新しい料理の開発に付き合ってもらっていただけだよ？」

「そういうことだ」

「なんだ。それなら早く言えよ」

俺の言葉を聞いて、ゲイツがため息を吐いてうなだれる。

「アルには開発しているのは秘密にしてくれって言われたからよ。それよりもゲイツに言ってよかったのか？」

「バレると面倒なのは食いしん坊な身内だからね。でも、もうそこまで秘密にしなくても大丈夫だよ。美味しいカレーを作れるようになったから。厳密には教えてもらったのが正しいけど」

必要になる香辛料が希少品なために異様に消費している姿を見られたくなかった。

しかし、バグダッドから美味しいカレーの作り方を学び、習得したのでそこまで誤魔化す必要もない。言い訳もきちんと用意しているし。

エリノラ姉さん達は既に俺を怪しんでいるし、バレるのは時間の問題だろう。

「おお、本当か！　それなら美味しいカレーってやつを食わせてくれよ！」

「ふむ、アルの開発した料理なら興味がある。俺も食べたい」

俺の言葉を聞いて、ルンバとゲイツが顔を輝かせる。

「いいよ。今から作るから待ってて」

元よりそのつもりだったので許可して、俺は台所へと移動する。

「なあ、ルンバ。アルの作る料理ってのはなんだ？」

「カレーって言ってよ、すげえ香ばしくてご飯と食べると美味えんだぜ」

おじさん達の無邪気な会話をＢＧＭに冷蔵庫や亜空間から必要な材料を取り出す。

魔道コンロに火をつけると、油を引いてそこにマスタードシードを小さじ一杯、カシア、カルダモン、クミンを投入して炒める。

「おおっ⁉　もう香ばしい匂いがするぞ？　いつもより早いじゃねえか！」

いつも傍で調理風景を見ていたからかルンバの驚いた声がした。

これまでの調理法では香辛料を入れるのは後だったからね。

「うん、ちょっと調理の仕方を大きく変えてみてね」

軽く答えながらホールスパイスを炒めて、油にしっかりと馴染ませる。

それが終わるとニンニク、ショウガを加え、焦がさないように差し水をしながら炒める。

その後にみじん切りにした青唐辛子を加え軽く炒めると、刻んだタマネギやニンジンを投入。

バグダッドに教えてもらったレシピを確認して、少しだけ違う工程を加えている。

こうすることでより味に深みと辛みが加わるのだ。

「いい香りだ」

「だろう？」

台所から漂う匂いにゲイツとルンバがうっとりとしている。

この時点で既に暴力的な匂いを放っているのでカレーというのは罪なものだ。

タマネギがきつね色くらいになるまで炒めると、クミン、ターメリック、コリアンダーを加え、トマトソースや鶏肉などを混ぜていく。

「なんだこの暴力的な匂いは！　腹が減ってしょうがない！」

「これがカレーの匂いだぜ！　だけど、今日はいつもの数倍すげえぞ！」

本格的にカレーの匂いが漂い始めて、テーブルで待機しているおじさん達がざわめき出す。

やはり、テンパリングを行った上でのカレーの匂いは一味違う。

本格的なインド料理店のような匂いだ。

カレーの匂いが充満し過ぎないように窓を少し開けて換気。

そして、ルーを煮込んでいる間に土鍋を用意してご飯を炊いておく。

美味しいカレーを出せば、絶対にご飯が大量に消費される。

そのことがわかっているので土鍋を魔道コンロに設置して炊き上げることにした。

今度はきちんと塩を加えていく。

思えば何と簡単なからくりだろうか。冷静に考えれば、香辛料だけでは味が弱いのは当然だった。

そんなことに気付けなかった自分が恥ずかしい。

テンパリングやレシピを元に色々と工程を増やしてはいるが、これさえ気付けていれば最低限の美味しいカレーはできていたのだから。

料理人であるバルトロであれば、知識と長年の経験ですぐに塩が足りないと気付いただろうな。

とはいえ、今回は安易にバルトロに頼れない状況だったので仕方がない。

味見をしてみると既にカレーになっておりとても美味しい。この状態で出されたとしても喜んで食べられるくらいに。

「でも、ちょっと足りないかな」

ゲイツがいることもあり多めに作ったので、少し塩が足りないように思えた。

それに他の香辛料を少しずつ足しながら味を調える。

俺達はラズール人のように香辛料に慣れていないので、少しラッシーを足してマイルドにしておく。

「うん、こんなものかな」

最後にもう一度味見をして満足のいく味になったことを確認。

煮込みが足りないけど、既に美味しいや。

満足のいく味ができて喜んでいると、いつ間にかルンバとゲイツが傍にいた。

血走った目をしており、二人とも顔が怖い。

「アル、それまだ食えねえのか？」

「まだだよ。もう少しかかるから大人しく待ってて」

「こんな暴力的な匂いを前にして待つだけしかできないとは、何という拷問だ……」

興奮した様子のおじさん達を追い返し、ご飯を炊きながらカレーを煮込んでいった。

◆

「できたよー」

「おお、待ってたぜ！」

「早く食うぞ！」

カレーの出来上がりを告げると、テーブルに突っ伏していたルンバとゲイツがすっかりと元気になった。カレーの香ばしい匂いによって腹を空かせてしょうがなかったようだ。

「いい匂いがするわ！」

皆でテキパキと動いて食器を取り出して、食べる準備をしていると不意に入り口が開いた。

視線をやるとそこにはエリノラ姉さんと、おろおろとしたシルヴィオ兄さんがいた。

「ちょっと姉さん。ノックもせずにいきなり入るのは……」

「別にアルの作った家でしょ？」

エリノラ姉さんは服についた雪を払うと、靴を脱いで入ってくる。

その堂々とした振る舞いはまるで自分の家だと言わんばかりだ。

「エリノラ姉さん、それにシルヴィオ兄さんまで何しにきたの？」

「最近、アルの様子がなんだかおかしいから様子を見にきたのよ！」

「そうしたら、すんごくいい匂いがしたから姉さんが我慢できずに突入して――痛っ⁉」

正直に事実を伝えようとしたシルヴィオ兄さんがペシッと頭を叩かれた。

つまり、美味しそうなご飯をたかりにきたってわけだ。

シルヴィオ兄さんはエリノラ姉さんに無理矢理付き合わされたんだろうな。

詳しく聞かずとも二人の行動が容易に推測できた。

カレーが完成する前であれば面倒であったが、完成した今となっては別に問題ない。

「なるほどね。ちょうど新しく作ってた料理ができたから二人も食べる？」

「食べ――じゃなくて、アルがどうしても食べてほしいって言うなら食べてあげるわ」

今さらながらも取り繕うエリノラ姉さん。

じゃあ、食べなくて結構ですなどと言うと、拗《す》ねるのがこの面倒な姉だ。

「どうしても食べてほしいな」

「それならしょうがないわね」

などと言うとエリノラ姉さんは嬉しそうに席に着いた。

「えっと、僕も食べていいのかな？　急に二人も増えて足りなくなったりしない？」

さすがはスロウレット家の良心。きちんと立場を弁《わきま》えた発言だ。

「大丈夫だよ。元から多めに作っていたから」

「ありがとう、それなら僕もいただくよ。この匂いを嗅いでから何故かお腹が空くんだよね」

美味しいカレーというものは無性に空腹感を刺激するものだ。

食べたことのないシルヴィオ兄さんでもそうだったらしい。

予期せぬ客が二人ほど増えたけど、俺はそれぞれのお皿を用意してそこに炊き上げたご飯とカレーを盛り付けた。

全員がしっかりと席についており、準備に忙しかった俺も席に座る。

来て早々にカレーの匂いに釘付けになっているエリノラ姉さんであるが、一応は俺を待つくらいの良心と理性は残っていたようだ。

「それじゃあ、召し上がれ」

そのように言うと、全員がスプーンを手に食べ始めた。

「うおおおおおおおおお！　すげえな、アル！　今まで食べてたやつとは全然違うぜ！」

「でしょ？　俺はこれを目指したかったんだよ。今までのはただのスパイス風シチューだったからら」

「確かにこのカレーに比べれば、今まで食ってたのはパチモンだな」

確かにそうだけど、そうまでハッキリ言われると若干腹が立った。

しかし、ここまで味見役に付き合ってくれたのはルンバなので許すことにした。

彼がいなければ、無数のカレーもどきを大量に亜空間の肥やしにしていたからね。

ルンバはカレーとご飯を一緒にすくって、ガツガツと口の中に入れていく。

「……驚いた。コイツは本当に美味い。香辛料を使った料理だとは聞いていたが、ここまで複雑な味を出せるとは」

一方でゲイツはカレーをまじまじと眺めながら、ゆっくりと味わうようにして食べていた。

ルンバと違って初めて食べたはずだが、彼でも美味しいと感じてくれたらしい。

カレーに夢中になるあまり、突き出した顎《あご》がルーに浸っているけど熱くないのだろうか？

「エリノラ姉さんはどう？」

「…………」

こちらに至っては最早返事すらない。

とりあえず、一心不乱にスプーンを動かしている姿から気に入ったのは確かであろう。

「シルヴィオ兄さんはどう？」

「すっごく美味しいよ。香辛料を混ぜ合わせた味もすごいけど、そこに染み込んだタマネギやニンジンの甘みもいい仕事をしているね！」

想像しているよりも細かな感想を述べられた。

そんなところも真面目なシルヴィオ兄さんらしい。

とにかく、美味しいといってもらえて何よりだ。

皆が満足そうに食べているのを確認し、俺も目の前にあるカレーに向き合う。

そっとスプーンをくぐらせると、鶏肉の入ったルーと純白の白米が六対四の割合で載っかった。銀の匙《さじ》の上で完成した見事な黄金比。

それを感慨深く眺めると、ゆっくりとそれを口に運ぶ。

最初に感じたのは香辛料に含まれる辛さや苦み、そして微かな酸味。それに加わるカレーの味。

ルーの中にはタマネギやニンジンの甘み、鶏肉の旨みがしっかりと染み出している。

単体ではやや味の濃さを感じてしまうルーだが、白米と食べることによって見事に中和――いや、一つ上のランクへと昇華される。

ルーの旨みをしっかりと吸い、丁寧に煮込まれた鶏肉はとても軟らかい。

たっぷりと旨みを吸い込んだタマネギやニンジンもとてもいい味を出していた。

油にしっかりと馴染んだホールスパイスで炒めたお陰で、それぞれの味にしっかりと深みもついている。

「……美味しい」

何度かルーだけを味見していたが、完成品をしっかりと白米と食べるとやはり違う。

これが俺の追い求めていたスパイスカレー。いや、バグダッドの一族のレシピが加わることによって、予想以上の味になっていた。

まさかここまでの味になるなんて……こんなにも美味しいカレーは前世でも食べたことがなかった。本当に美味しい。

ああー、色々と苦労したけどカレーを作ることができてよかった。

「「「アル、お代わり！」」」

「早いよ。もうちょっと余韻に浸らせてよ」

などとカレーを食べながら苦労を振り返っていると、ルンバ、ゲイツ、エリノラ姉さんが一斉に皿を突き出してきた。

いちいち、全員の皿を持って用意するのも面倒だったので、サイキックで操作して空になった皿に白米やルーを盛り付けてやる。

ふわりと浮かせたまま配膳すると、ルンバ達はそれをすぐに受け取って二杯目を食べ始めた。

美味しいのはわかるけど、もうちょっと落ち着いて食べてほしい。

三人の勢いには俺だけじゃなく、シルヴィオ兄さんも思わず苦笑していた。

食いしん坊達が静かになったところで俺も二口目を食べる。

辛みと複数の旨みが混じり合って圧倒的な美味しさだ。

味わって食べているはずなのに、また一口、また一口とすぐに匙が動いてしまう。

美味し過ぎて止まらない。

ルンバ達を落ち着きがないと思っていたが、それは俺も同じだったらしく胃袋へ放り込むように食べてしまう。

身体だけじゃなく、魂までカレーをもっとよこせと叫んでいるようだった。

とはいえ、ずっと同じ味や歯応えでは飽きを感じてしまうな。福神漬けやらっきょうなんかがあればいいのだが、残念ながらそんなものはなかった。

今度作る時は、キャベツの酢漬けでも加えてみるかな。

なんて考えながら食べていると、気が付けば俺の皿も空になっていた。

「俺もお代わりしようっと」

まだまだ改良すべき点もあるかもしれないが、今は久しぶりのカレーを心から楽しもう。

俺は自分の皿にサイキックをかけて、二杯目のカレーを食べるのであった。

匂いを落とさず屋敷に帰ると、エルナ母さんやミーナ達に察知されてしまい、俺は帰ってからもカレーを作るのであった。

エリノラ姉さん、体調不良？

I want to enjoy slow Living

翌日、朝からカレーの香ばしい匂いで目が覚めた。

俺が昨日作ったカレーの残りを温めて朝食の一品にしているのだろう。

そのように推測してもうひと眠りしようと目を瞑る。

「……カレーの匂いでお腹が減って眠れない」

目を瞑って布団にもぐろうとも、この美味しそうな匂いは誤魔化せない。

カレーの匂いに俺の胃袋が空腹を訴えてくるのを感じる。

俺の体内パラメーターが睡眠欲と食欲が拮抗《きっこう》し、食欲へと振り切るのを感じた。

「起きるか」

こんな暴力的な匂いをされては落ち着いて二度寝をすることも敵《かな》わない。

そう決めた俺は寝間着から私服へと着替え、洗面所で顔を洗うと、ダイニングルームに向かった。

「おはよう」

ダイニングルームに入ると、既に席に座っていたエルナ母さん、ノルド父さん、シルヴィオ兄さんがいた。

三人は俺を見て驚いたように目を見開く。そして、エルナ母さんが心配そうな表情で近寄ってきて俺の額に手を当てた。

「どうしたのアル？　体調でも悪いの？　この指は何本に見える？」

「俺が早起きするのがそんなにおかしい？」

失礼な。俺だってたまには朝食の前に起きることとくらいある。

「だって、いつもはもっと遅いでしょ？　特に冬になってからアルが早めに起きたことがあったかしら？」

確かにそれはない。

冬は気温が低くて、布団の中が最高に温かいのでどうしても起きることができない。これはもう仕方のないことだからだ。

あれに抗うことのできる人間は、かなり睡眠欲が乏しいに違いない。

やたらと心配の声をかけてくるエルナ母さんから離れて、俺は自分の椅子に座った。

「というか、朝からカレーを食べるの？」

「ええ、昨日のがまだ余ってるし、とっても美味しかったもの」

「ご飯だけじゃなくパンにも合うって聞いたし楽しみだよ」

最初に感じた疑問を思わずぶつけると、エルナ母さんとノルド父さんがウキウキとした様子で言った。

昨日の夜に食べさせたカレーが、よっぽど気に入ったらしい。

まあ、俺は前世で何度も食べたことがあるから慣れているけど、初めて食べた人がハマってしまうのも無理はないだろうな。俺も子供の頃は毎日がカレーでもいいなどと思っていた。

「アル、気になっていることがあるんだけどいいかい？」

などとぼんやりと考えると、ノルド父さんが不穏な問いかけをしてきた。

ノルド父さんがこうやって改まって聞いてくることは大抵俺にとって都合の悪いことだ。

「カレーの上に唐揚げを載せたら、きっと美味しいって話だね？」

「ああっ！　それ絶対に美味しいですよ！　唐揚げとカレーは合うと思います！」

適当に答えたら、控えていたミーナが食いついた。

一番唐揚げを気に入っているだけに、その可能性に強い希望を見たらしい。

「確かにそれも美味しいかもしれないけど、僕が聞きたいのはそうじゃないよ」

「なに？」

「カレーの材料にしている香辛料はラズールのものだよね？　一体、どこから手に入れたんだい？」

「そう言われてみれば気になるわね。あれだけの味となると一種類や二種類じゃ足りないでしょうし、どこから手に入れたのかしら？」

おっと、やはり突っ込まれたか。

まあ、あれだけ派手に香辛料を使っていれば不思議に思うのは仕方がない。

「王都に行った時にラズールの香辛料専門店があったから、そこで少し買っておいたんだよ」

「それって私の実家の近くの？」

実家と香辛料店が近いだけあって、エルナ母さんはすぐにわかったようだ。

「うん、そうだよ」

「あそこの香辛料ってすごく高いじゃない。こんな小さな瓶で金貨何十枚も飛んでいくわ」

「そ、そんなにかい⁉」

「だから、少量ずつ使って少しずつ研究していたんだよ。というか、材料に文句つけるなら食べないで」

「あれだけ美味しかったら多少の値が張っても仕方がないわね。あんな素敵な料理を作れるなんてさすがは私の息子だわ」

そのように言うと、エルナ母さんが見事な手の平返しをした。にこにことした笑みを浮かべて俺の頭を撫でてくる。

多少の散財も素晴らしい料理の前では許されるらしい。

「ラズールの香辛料となると値段が張るわね。父さんに頼んで安く仕入れられないかしら？」

「落ち着こうエルナ。さすがにラズールの香辛料を買い漁るほどの余裕はないよ。カレーは特別な日にだけ食べる料理にしよう！　ね？」

香辛料の本格的な仕入れを考えるエルナ母さんと、青い顔でそれを止めるノルド父さん。

貴族の当主になっても未《いま》だに小市民的な感覚が抜けないノルド父さんからすれば、カレーで金貨何十枚も飛んでいくのが恐ろしいようだ。

「それもそうね。さすがにうちも財政が潤っているとはいえ、身の丈に合わないお金の使い方は良くないし」

実際は転移でラジェリカまで行って、直接仕入れているので買値はかなり低いんだけどね。

でも、そのことは秘密なので言えない。

「そっか。でも、あれだけ美味しかったら仕方がないよね」

しょぼんとしながらも健気にことを言うシルヴィオ兄さん。

罪悪感がとても刺激される。香辛料ならたくさん安く買えると言って、その曇った表情を晴らしてあげたかった。

「残念です。カレーを毎朝作れれば、その匂いでアルフリート様が規則正しく起きていただけるのに……」

紅茶を配膳しにきたサーラが、実に残念そうな表情で呟く。

「ルーを乾燥させてパウダー状にして保存させるのはどうかしら？　それを眠っているアルの鼻に近付けるの」

「お許しをいただけるのであればやってみたいです」

「許可するわ」

「カレーの変な使い方はやめよう？」

不穏なことをしようとしているサーラとエルナ母さんに思わず突っ込む。

食べ物を粗末にしないで。カレーパウダーはそんな風に使っていいものじゃない。

「それにしても、今日はエリノラが遅いわね？」

いつもならエリノラ姉さんはすぐに起きてくる。大概は自主稽古をしているか、リビングやダイニングでまったりしているかだ。

「エリノラは自主稽古に行ってるのかい？」

「いえ、外に出られているのは見ておりません」

「靴も玄関に残っていましたよ」

ノルド父さんが尋ねると、サーラとミーナが首を横に振る。

外に出ていないのは間違いないようだ。

「部屋で剣の手入れでもしてるのかな？」

「前に革鎧なんかの手入れをしていて、遅くなったことがあったものね」

年ごろの娘なのに支度に準備がかかっているなどと思われないのも大概だ。

朝、起きて真っ先に武器や防具の手入れを始める女の子ってどうなんだろう？

「アル、ちょっとエリノラの様子を見てきてあげなさい」

「えー？　なんで俺が？」

などと抗議の声を上げると、エルナ母さんからジットリとした視線を向けられる。

「このやり取りをエリノラとよく繰り返しているのよ？　少しは私達の気分がわかったかしら？」

「わかったよ。見てくるから」

そんな風に言われれば、毎朝のように起こされている俺に人権など皆無だった。

抵抗をせずに椅子から立ち上がろうとすると、ダイニングの扉が開いた。

そちらに視線をやると、入ってきたのはエリノラ姉さん。

「なんだ、俺が行かなくても起きてきたじゃん」

どうやら俺が起こしに行く必要はなかったようだ。持ち上げかけていた腰を下ろして座り直す。

「「おはよう」」

「……おはよう」

俺達が挨拶の声をかけると、エリノラ姉さんが元気のない声で返事をした。

これには家族全員が驚く。エリノラ姉さんは朝にとても強いので、眠たいというわけではないだろう。

しかし、こちらにやってくる足取りは酷く重たげだ。表情にも覇気がなく、いかにも気だるそうな感じ。

エリノラ姉さんは椅子に座ると、テーブルに突っ伏した。

いつもとは違った力のない様子に俺だけではなく全員が戸惑っているのがわかった。

「エリノラ、元気がないけどどうかしたの？」

「……なんか最近、ずっと身体が重くて……」

気だるそうに言うエリノラ姉さんの言葉に俺の心臓がドクンと跳ねた。

グラビティ解除

I want to enjoy slow Living

「身体が重い？」

「ええ、なんだか全身に錘《おもり》をつけられているような感じがずっとしてて……ちゃんとご飯も食べて、しっかり寝ているのに疲れがいつまで経っても消えないの」

エルナ母さんの問いに、エリノラ姉さんがぽつりと答えていく。

その原因は間違いなく俺だ。

自動剣術による稽古を始めてから、俺はこっそりと毎日エリノラ姉さんにグラビティの魔法をかけ続けている。

気付かれないように少しずつ少しずつ魔法の強さを上げて、エリノラ姉さんの身体にかかる重力を強くしているのだ。

あれから二週間は経過して、重ねがけしていっているので身体を重く感じるのは当然である。

「ねえ、これってもしかして風邪ってやつなのかな？」

それなのに気付いていない当の本人は、不安げな表情を浮かべている。

信じられないことにエリノラ姉さんは、生まれてから体調を崩したことは一度もない。

怪我や病気とは無縁だったせいで、明らかな身体の異変に不安になっているらしい。

……どうしよう、すごく笑いそうだ。

エリノラ姉さんの身体に起こっている異変は間違いなくグラビティによるもの。

それに気付かずに『風邪かな？』って、どう考えても人を笑わせにきているとしか思えない。

もしかして、わかっていて笑わせにきているんじゃないだろうか。そうだとしたらエリノラ姉さんも随分と愉快になったものだ。

「大丈夫、姉さん？　熱はないみたいだけど……」

「……そう」

傍では心配げな表情をしているシルヴィオ兄さんが、エリノラ姉さんの額に手を当てている。

やめてくれ、爆笑してしまいそうだ。

俺が必死に笑いを堪えている中、エルナ母さんとノルド父さんは心配するでもなく何を言っているんだとばかりの顔をしている。

「……エリノラ、なにをおかしなことを言ってるの？」

「ええ？　母さん、酷い。あたしは別に嘘なんて言ってないのに……」

「いえ、そういうことじゃないわ。グラビティをずっとかけられていれば、身体がずっと重いのは当然でしょ？」

「え？　グラビティってどういうこと？」

やっぱり、エルナ母さんは気付いていたようだ。

しかし、それをかけられていた本人はまるでわかっていないのが笑える。

この反応にエルナ母さんは目を丸くする。

「え？　ノルドが訓練でさせているんじゃなかったの？」

「いや、僕はそんなことさせていないよ。エルナの指示じゃないのかい？」

「違うわよ」

どうやら二人とも互いに指示の上でかけられていると思っており、放置していたようだ。

うん、さすがにこの二人は気付くよね。

「ちょっとお花を摘んでくるよ」

「サーラ、捕まえて」

「はい」

そろそろバレそうだったので適当な理由をつけて逃げようとしたが、控えていたサーラに捕まえられてしまう。

「ちょっと！　トイレに行きたいんだけど⁉」

「そんな見え透いた嘘はいいから」

俺の必死な抗議をエルナ母さんがバッサリと切り捨てた。

親子の絆《きずな》が足りない。

「ねえ、あたしにグラビティがかけられていたってどういうこと？」

「エリノラにかけられていたのは無属性魔法のグラビティよ。重力で敵を押しつぶしたり、相手にかかる重力を上げて動きを阻害するために使われるわ。かけられると全身に錘がついているかのような状態になるの」

「ええ？　あたしの身体が重いのは魔法のせい？　誰がそんなことしたの？」

「うちで無属性魔法を使える子は一人しかいないでしょう?」

エルナ母さんが呆れたように言うと、エリノラ姉さんの首がギギギとこちらを向き、俺に襲い掛かってきた。

サーラが手を離してくれたのでたまらず逃げ出す。

しかし、俺の身体能力では敵うはずがなく、瞬く間にソファーへ引き倒された。

グラビティをかけているはずなのに動きが速すぎる。

「最近、ずっと身体が重いと思ったらアルの仕業だったのね!? あたし、本当に病気かと思って不安だったんだから!」

「エリノラ姉さんが風邪を引くわけないじゃん! 大体気付かない姉さんも悪いんだよ!」

「なんですってー!」

「こら、二人ともやめなさい」

エリノラ姉さんと揉み合っていると、エルナ母さんが叱るように声を上げた。

それによって馬乗りになっていたエリノラ姉さんが、渋々ながらも退いてくれる。

助かった。このままエリノラ姉さんに蹂躙《じゅうりん》されるところだった。

このままソファーにいるのも怖いので、ひとまず安全な椅子に戻る。

「アルはどうしてエリノラに魔法をかけていたんだい?」

「自主稽古の時間を減らすため。グラビティをかけておけば、エリノラ姉さんもすぐに疲れて稽古も短くなるかなって」

「それでずっとかけ続けていたってわけかい?」

「うん、そうだよ」

別に毎日少しずつ強度を上げていっても全然気付かないから、面白くなってどこまでやったらバレるのかなーなんて遊んでいたわけではない。

「アル、心の声が漏れてるわよ」

「ええっ！」

どうやら心の声が漏れていたらしく、エルナ母さんに指摘された。

目の前ではエリノラ姉さんが顔を赤くして頬を膨らませていた。

「アルの魔法が巧妙なのかエリノラの魔力感知が低すぎるのか……」

「多分、両方だと思うわ」

ノルド父さんとエルナ母さんが頭の痛そうな顔をしている。

最大の要因は後者だと思う。他人に魔法をかけられて気付かないとか間抜け過ぎる。

「エリノラ姉さんは剣の稽古ばかりし過ぎだよ。もっと魔法の勉強もすべきだよ」

そうすれば、俺とシルヴィオ兄さんを自主稽古に連れ出す時間も減って万々歳だ。

「それもそうね。春になったら王都の騎士団に行ってしまうから、魔法の授業と稽古を増やしましょうか」

「うん、剣については十分といえるレベルだし」

「えええっ⁉　冗談でしょ？」

今回の事件の間抜け具合に二人も教育方針を見直すことにしたようだ。

やった。これで自主稽古の時間が減る。

喜んでいるとエリノラ姉さんから睨みつけるような視線が飛んでくる。

俺なんかの意見が通るってことは、元から考えていたってことだよ。

申し訳ないけど恨まないでほしい。

「とりあえず、アルはエリノラにかけた魔法を解除してあげなさい」

「はーい、グラビティ解除」

エルナ母さんに言われて素直に魔法を解除してあげる。

「わっ、すごい！　身体が軽いわ！」

するとエリノラ姉さんが立ち上がってダイニングを元気に動き回り始めた。

かなりの強度のグラビティを二週間ずっとかけていたので、それが無くなれば身体が軽いのは当然だ。きっと今は、身体が羽のように軽いに違いない。

「なんだか身体を動かしてきたくなったわね……」

エリノラ姉さんが、こちらに獰猛な視線を向けてくる。

「ちょうどいいじゃない。アルが手伝ってあげなさいな」

「きちんとエリノラの魔法が解けているか確かめてあげないとね」

「えええっ⁉　魔法が解けているなんて一目見ればわかるじゃん！　本人も軽くなったって言ってるし！」

そのように突っ込むが、エルナ母さんとノルド父さんは素知らぬ顔でティーカップを傾けた。

今日は珍しくエリノラ姉さんに報復を受けていないし、あまり怒られてもいない。今日の運は俺に回ってきていると思っていたが、そう上手くはいかなかったようだ。

まさか急にここで突き放してくるとは。

「シルヴィオ兄さん！」

「あはは」

頼りになる兄に助けの視線を求めるも、曖昧な笑みを浮かべるだけだった。

力になってくれないことを即座に理解した俺は、再び逃亡を試みる。

しかし、エリノラ姉さんがそれよりも速い動きで回り込んできた。

「速っ！」

「ええ、誰かが変な魔法をかけてくれたお陰でね！　さあ、稽古に付き合ってもらうわ！」

エリノラ姉さんは黒い笑みを浮かべると、俺の首根っこを掴んだ。

「ひ、ひいいいっ！」

「もうすぐ朝食だから早めに切り上げるのよー」

「はーい！」

グラビティによる二週間のウェイトトレーニングを重ねたエリノラ姉さんは、ここ最近の中で一番の動きのキレを見せた。

もしかして、俺がかけていた魔法は逆効果だったのでは……？

◆

「稽古をしようか」

「いいわね」

「やだ！」

ノルド父さんの言葉を聞いて、エリノラ姉さんと俺の言葉が重なった。

響き渡った互いの正反対の言葉を聞いて、互いに睨み合う俺達。

「稽古ができるんだからいいじゃない」

「全然良くないよ。大体、今日は稽古の日じゃないじゃん！　おかしいよ！」

稽古をする日は事前に決められている。

本来なら稽古日は今日ではなく明日だ。いきなり今日になるなんておかしい。

「確かにアルの言うことはもっともさ。だけど、今日は中庭の状態がすごくいいんだ。ここ最近、ずっと雪が積もっていていい状態でできなかっただろう？　明日になるとまた降るかもしれないし、今日にやっておきたいと思ってね」

確かにここ最近は雪があまり降っておらず、天気も晴れが続いている。

中庭の状態は最高とは言い難いが、ここ最近では一番のコンディションを誇っているだろう。

ノルド父さんの言う通り、天気とコンディションの一番いい今にやってしまいたいという思惑もわからなくもない。

「むむむ、だけど稽古日でもない休みの日に稽古をやらされるのはちょっと……」

「別に稽古日が増えるわけじゃないよね？　明日の稽古日を今日にするってだけで」

「ああ、そうだよ」

俺が唸っていると、シルヴィオ兄さんがそう言ってノルド父さんがしっかりと頷いた。

「ええ⁉　増えるんじゃないの⁉」

約一名はおめでたい思考をしていたらしく驚いているが無視。

「……まあ、別に増えるんじゃないならいいけど」

「僕も問題ないよ」

「それじゃあ、決まりだね。稽古の準備をして中庭に集合」

俺が渋々頷き、シルヴィオ兄さんも頷くと、ノルド父さんはそう告げて去っていった。

「はぁ、稽古か……」

朝から稽古が決まってしまい、思わずため息が出てしまう。

「もしかして、何か予定でもあった？」

「二度寝して日向《ひなた》ぼっこ」

「暇ってことじゃない」

「いやいや、立派な予定だから！」

天気がいいから部屋で優雅に二度寝を決め込んで、早めの昼食を食べて、食後の散歩に行くというスケジュールが俺の中で立っていた。

エリノラ姉さんにとってそれがどれだけしょうもないことでも、俺にとっては重要な予定だったのだ。

しかし、朝の稽古でそれが崩された。ため息が出ても仕方がないだろう。

「もう決まったことだし、ぐずぐずしてないで早く準備するわよ」

エリノラ姉さんはそのようなことを告げると、さっさと自分の部屋に戻っていく。

「まあ、最近は天気の影響で中止になることも多かったし、久しぶりにしっかり運動をしようよ」

「……うん」

憂鬱そうにする俺を見て、シルヴィオ兄さんがしっかりと慰めてくれる。

本当に優しい兄だ。もう一人の姉とは大違いだ。

今日は朝からのんびりできると思っていたのにな。

休日だと思っていたのに休日出勤を命じられたかのような気分だった。

◆

「うわあ、コンディションがいいとか言っておきながら微妙じゃん。お陰で泥塗《まみ》れだよ」

打ち合い稽古を終えた俺とシルヴィオ兄さんは、泥に塗れながらも屋敷の縁側に座り込んだ。

ノルド父さんが中庭の状態が良いというので、稽古をしてみたが完璧なコンディションとは言い難かったな。

「ここ最近の中では比較的マシって感じだったね」

これにはシルヴィオ兄さんも苦笑い。

まあ、雪がほとんどなくても雪解け水もあるしね。他の季節のように万全なコンディションを期待するのも無理というものか。

氷魔法で雪を退かして、水魔法で地中に含まれている水分を抽出。そして、土魔法で地面をならしてやれば、中庭のコンディションなんてすぐに万全にできるんだけどね。

だけど、そんなことを言ってしまえば、中止になる稽古も中止にならないので絶対に進言しない。稽古の回数が減るのであれば、多少泥に塗れようが甘んじて受け入れよう。

座り込んだ俺とシルヴィオ兄さんの眺める先には、木剣を手にして激しく打ち合うエリノラ姉さんとノルド父さんの姿があった。

「二人共、今日は一段と気合いが入ってるね」

「ここ最近、天気の都合で稽古ができなかったからね」

二人とも久しぶりに稽古ができるのが嬉しいらしく、とても楽しそうにしていた。

「もしかして、ノルド父さんも早く稽古がしたかっただけなんじゃ？」

「そうかもしれないね。でも、父さんも日ごろ頑張っているんだし、たまには付き合ってあげようよ」

俺が疑惑の声を漏らす中、シルヴィオ兄さんが苦笑する。

どうやらシルヴィオ兄さんは薄々そのことに気付きながら、俺とノルド父さんの仲介をしてくれたようだ。なんというできた兄なんだろう。

「シルヴィオ兄さんがいれば、スロウレット領の将来は安泰だよ」

「いや、できれば他人事じゃなくてアルももっと気にして、できれば手伝ってほしいんだけど……」

「そういうことはもっと先になって考えるよ」

俺がそんな風に誤魔化すと、シルヴィオ兄さんがやれやれとばかりに笑う。

別に領地の仕事を手伝わないというわけではないが、確約するような言葉を述べるのはマズい。世の中、何があるかわからない。

誤魔化せるうちには誤魔化しておくのがいいからね。

視線の先ではエリノラ姉さんが鋭い動きでノルド父さんに斬りこんでいく。

幾筋もの剣閃《けんせん》が走ったかと思いきや、ノルド父さんが細かく剣を動かしてそれを防いでいた。

「今、エリノラ姉さんが何回剣を振ったと思う？」

「四回しか見えなかったよ」

「ええ？　俺は三回までしかわからなかったんだけど……」

響いてくる音からして六回以上はぶつかり合っていた気がするけど、俺達に認識できたのは半分かそれ以下であった。

本気のエリノラ姉さんと対峙《たいじ》すれば、まともに打ち合うことができないのは明白だ。

「今日のエリノラ姉さんはいつにも増して速いね」

「この間までかけていたアルの魔法のお陰じゃないかな？　二週間くらいずっとウェイトトレーニングをしていたようなものなんだよね？」

「やっぱり、そうだよねー」

エリノラ姉さんを疲労させて自主稽古に付き合わされる回数を減らしてやろう。そのような思惑でかけた魔法だったが、結果的にエリノラ姉さんを強化してしまったらしい。

前よりもエリノラ姉さんの基礎能力が飛躍的に上がっていた。

ただでさえ、強すぎるっていうのにますます手がつけられなくなってきたような気がする。

昔は俺やシルヴィオ兄さんでも少しは打ち合えていたのにな。いつの間にこんなに差がついてしまったのやら。子供というのは本当に成長が早いや。

などと感慨深く思っていると、稽古を終えたらしいノルド父さんとエリノラ姉さんが戻ってきた。

二人とも稽古をしてとてもスッキリとした笑みを浮かべている。

「ふう、久しぶりに運動すると気持ちがいいね」

「むう、まだ父さんにとっては運動レベルなんだ……」

「まだまだエリノラには負けないよ」

涼しい顔をするノルド父さんを見て、エリノラ姉さんが少し悔しそうにする。

「ノルド父さんの服が全然汚れてないいんだけど……」

エリノラ姉さんは何度も転ばされたからかドロドロになっているが、ノルド父さんの稽古服には泥一つついていない。

「あまり衣服を汚すと、メル達が苦労するからね」

「悔しいー！」

涼し気な顔でそう言うノルド父さんを見て、エリノラ姉さんが悔しそうに地団駄を踏む。

父と娘にはまだまだ歴然とした差があるようだ。それがどれだけの差なのかは、正しく力量を測る物差しを持っていないので俺にはわからない。

「それにしても、やっぱりエリノラは速くなったね。アルに魔法をかけてもらったお陰かな？」

「そ、そう？　自分ではあんまりよくわかんないいんだけど……」

褒められて若干照れくさそうにするエリノラ姉さん。

そんな娘の姿を眺めて、ノルド父さんは何やら真剣な表情を浮かべた。

そして、何かを決意したような顔になり、

「よし、僕もアルに魔法をかけてもらおうかな」

「え？　本気で言ってる？」

「本気さ。冬になって魔物の討伐に向かう回数も減ったしね。ちょっと身体を鍛えておかないと。そういうわけで、僕にグラビティをかけてほしい」

「まあ、別にいいけど」

ノルド父さんがかけてほしいと頼んでくるので、俺はグラビティをかけてあげる。

「……あれ？　なんか魔法のかかりが悪い？」

「ああ、ごめん。無意識に魔力を活性化させて抵抗していたみたいだ。活性を弱めるよ」

そう言うと、ノルド父さんの魔力が弱まってしっかりと魔法がかかるのを感じた。

「へー、そんな風にして抵抗することもできるんだ」

「魔法がかかるタイミングに合わせてやらないといけないけどね」

さすがは数多の実戦経験してきたドラゴンスレイヤーだ。そんなこと知らなかったや。

「グラビティをかけてみたけどどう？」

「もっと強くしてもいいよ」

「わかった。ドンドンと強度を上げていくね。ちょうどいいところで頷いて」

ノルド父さんがそう言うので、俺はドンドンと重力の強度を上げていく。

ゆっくりと重力を上げていくが、ノルド父さんは一向に声を発しない。

エリノラ姉さんにかけていた強度も軽々と突破していく。

「なんか父さんの周りの土がすごく凹んでいるんだけど……」

シルヴィオ兄さんの視線の先を追うと、魔法の余波なのか地面が凹んでいた。

「結構強くなってるけど大丈夫？」

「もっと強くしても大丈夫さ」

心配になって声をかけてみるが、ノルド父さんの表情は変わらない。

そのことに安心して、魔法の出力を上げてみる。

「まずはこのくらいでいいかな。しばらくこの状態にして慣れたら強度を上げてもらうよ」

「う、うん、わかった」

満足いくくらいの負荷がかかったらしいので、ひとまずグラビティを固定してかけておく。

グラビティの強度はとんでもないくらいになっており、普通の人なら身動き一つとれないだろう。しかし、ノルド父さんはいつも通りに動いており、顔色一つ変わっていない。

「……ねえ、アル。もう一回、あたしに魔法をかけなさいよ」

ノルド父さんがトレーニングを始めたからか、エリノラ姉さんが触発されてそんなことを言ってくる。この間かけた時は怒っていた癖に。

「子供の頃からああいうトレーニングをすると、成長を妨げるかもしれないから止めておいた方がいいよ？」

「弟の癖に姉を子供扱いしようとは生意気ね」

そういえば、この世界での成人年齢は十五歳だった。

もうすぐ十四歳になるエリノラ姉さんに、七歳の俺がそんなことを言っても生意気と言われるのも仕方のないことかもしれない。

「仮にそうだとしても、あたしは少しの身長よりも確かな強さが欲しいわ」

十三歳にしてなんという覚悟だろうか。

まあ、グラビティをかけているからといって絶対に身長が伸びないわけでもないし、本人が望むならいいいか。

「それじゃあ、かけるね」

「ええ」

エリノラ姉さんが頷いたので、こちらにもグラビティをかける。

「これくらいでいいわ」

強度を上げていくとエリノラ姉さんは以前かけた時よりも、少し強めなところで止めた。

「これくらいでいいの？」

「あまり無茶な負荷は身体を痛めるだけだから」

「エリノラ姉さんって、強くなることに関しては真面目でしっかりしてるよね」

正直、身の丈に合わない負荷を要求されると思ったので意外だ。

「強くなることに関してだけってなによ」

エリノラ姉さんが半目で睨んでくるのを俺はスルーした。

なんだか俺の魔法で家族がドンドンと強化されていく気がするな。

自動剣術もグラビティも自分が楽をしたいがために使っているだけなのに変な方向に使われている気がする。

「シルヴィオ兄さんもやっとく？」

「いや、僕はいいよ」

念のためにシルヴィオ兄さんに言うと、やんわりと拒否された。

そうだ。これが普通の反応だ。日常生活に魔法を使ってのウェイトトレーニングとか普通におかしいからね。

「ちなみに父さんの強度はどれくらいなのよ？」

気になるのかエリノラ姉さんが、袖をくいくいと引っ張って尋ねてくる。

「……エリノラ姉さんにかけている強度の十倍くらいかな」

「十倍⁉」

「ええっ⁉」

これにはさすがにエリノラ姉さんとシルヴィオ兄さんも目を剥いた。

エリノラ姉さんでもこれって、普通の人間ならぺしゃんこにされている強度だと思う。

それなのに涼しい顔で歩けるなんて……。

「「さすがはドラゴンスレイヤー」」

涼しげに休憩しているノルド父さんを見ながら、俺たちは戦慄の声を上げるのであった。

大きな駄々っ子

I want to enjoy slow Living

「「カレーが食いてえ！」」

朝からうちの屋敷に上がってくるなりルンバとゲイツが叫んだ。

「急にどうしたのルンバ、ゲイツ？」

「言葉の通りだ！　俺たちはカレーが食いてえんだよ！」

「そうなんだ」

「家のカレーがなくなって、もう五日もカレーを食べてねえ！」

「カレーを食わないと手足が震えて、幻覚が見えるようになってるんだ！」

「それ完全にヤバい薬じゃん」

確かマヨネーズの摂取を切らしたエリックも同じことを言っていた気がする。

この世界の人は前世の食べ物を食べると、中毒になってしまう特性でもあるのだろうか。

「アルもそろそろカレーが食べたいだろ？」

「いや、全然」

「嘘だろ？　あんな美味いもの作れたら、毎日カレーが食べたくなるはずだ!?」

きっぱりと首を横に振ると、ルンバが信じられないとばかりの顔をする。

「家族にも振舞ってから最近はカレー続きだしね」

カレーを完成させてからエルナ母さんやエリノラ姉さんにせがまれて、連日カレーばかり。一回作ってしまえば三日は続けて食べることになるので、二回目を迎えている今も絶賛カレー中なのである。

「つまり、アルの家族になればカレーが食べれるんだな？　じゃあ、俺はスロウレット家の子になるぞ」

「俺もだ」

「さすがにこんなに大きな子供は、ノルド父さんやエルナ母さんもいらないと思うよ」

カレーを目当てにうちの子になろうとするとは、とんでもない執念だ。

というか、二人とも両親よりも年上だ。そんな兄弟は俺もいらない。

「じゃあ、今すぐカレーを作ってくれ！」

「俺たちはカレーが食べたい」

「嫌だよ。面倒くさい」

「ひでえ！　付き合ってるときは、あんなに求めてきたってのに！」

きっぱりと斬り捨てると、ルンバが瞳を潤ませながら言う。

確かにカレーの練習に付き合ってくれている時は、味見を求めた。

少し言葉を抜くだけでとんでもない誤解を招く言い方だ。非常に質が悪い。

「変な言い方しないでよ。そもそもあれはカレーができるまでって約束だったじゃん」

「それでも俺たちはカレーが食べたいんだよ！」

「ダメ」

「食べたい！　食べたい！　食べたい！　食べたい！」

きっぱりと否定すると、ルンバとゲイツはあろうことか玄関で寝転がってジタバタし始めた。

……まさか、ここまでやるとは。図体のデカいおじさんが二人してやると、とんでもない絵面だ。

洗濯物を集めているサーラが偶然通りかかったが、巻き込まれたくないと思ったのかそそくさと足を速めて去っていった。

うん、まあそうだよね。これをどうにかしようとする人なんていないよね。

手足を激しく動かして駄々っ子のような抗議をし続ける二人。

リビングには家族全員がおり、絶対に聞こえているはずなのに、そちらも全く動きがなかった。

助け舟が入らないことを理解した俺は、仕方なくジタバタしているおじさんたちに向き合う。

「そうは言ってもカレーに必要なスパイスって高いんだよ？　こんな大きさの瓶で金貨何枚も飛んでいくし……」

「つまり、金さえ積めば作ってくれるんだな？」

頭を掻きながらそんなことを言うと、ルンバとゲイツは起き上がってすぐに革袋を取り出した。渡された袋を開けてみると、中には大量の金貨が入っている。

一般人なら金貨という単位で怖気づくはずなのに、冒険者である二人はそれなりに収入があるお陰か簡単に出してみせる。

ゲイツもルンバよりはランクは劣るはずだが、やはりそれなりにお金は持っているようだ。

「はぁ……しょうがないな。カレー作りに付き合ってくれたルンバに免じて作ってあげるけど、頻繁には作らないからね？　たまにしか食べられない料理って意識を持ってよ？」

「おお！　さすがはアル！　話がわかるぜ！」

「勿論、それは理解しているさ」

観念して俺がそのように言うと、ルンバとゲイツがようやく立ち上がって頷いた。

本当に理解しているのか疑わしいが、これでルンバへの借りを返すことができるし、またせがまれても流すことができるだろう。

◆

ルンバとゲイツをダイニングルームへ押し込むと、俺は屋敷の厨房にやってくる。

「そういうわけでバルトロ。ちょっとだけ厨房を借りるね」

「坊主も大変だな。俺もちょこっと玄関を覗いたが、ひでえ光景だったぜ」

「……覗くだけじゃなくて助けてよ」

「無理だ。俺にはどうしようもできねえ」

なんて薄情な料理人だろうと思ったが、強くは責められないや。

「カレーはまだあるよね？」

「おう、まだ残ってるぜ」

冷蔵庫を開けてみると、そこにはカレーの入った鍋が残っていた。

残りのカレーがあるのなら、わざわざ一から作らなくて済むので楽でいい。寝かしたカレーの方が美味しいというのもあるしね。

「飯なら俺が炊いておくぜ」

「いや、そのままご飯と一緒に食べるのも飽きたし、ご飯はいいや」

ここのところ唐揚げカレー、串揚げカレー、カレー風グラタンと色々なご飯ものが出てきた。

どちらかというとご飯好きな俺だけど、そろそろ違う食べ方をしてみたい。

「じゃあ、どうするんだ？」

「生地で包んで焼いちゃおうかなって」

「ほう？」

俺のやろうとしている料理に興味があるのか、バルトロは見学することにしたようだ。

ボウルに小麦粉をザーッと入れると魔法で作ったお湯を少しずつ加える。

それを手でこねて固形にしていき、お湯を加えて耳たぶくらいの柔らかさにする。

やがて形が纏まってきたら丸めて、布でしっかり包んで冷蔵庫に保存。

三十分ほど経過すると、冷蔵庫から取り出す。

台に打ち粉をすると、もう一度手でこね、それから麺棒で生地を伸ばしていく。

しっかりとした生地ができると、マグカップを使って型抜き。

これで生地は完成だ。餃子《ギョーザ》に使うような生地なので作るのもかなり簡単だ。

生地ができると、並行して温めておいたカレーをボウルに入れてパン粉と混ぜる。

ぐりぐりと混ぜ合わせてタネのようになると、成形して丸くなった生地の上に置く。

「おお、包み焼きみてえにするのか！　面白れえな！」

収穫祭の屋台でもこのような生地に包む料理は提供されていたので、バルトロにもピンときたのだろう。

「ねえ、バルトロは一緒に包むとしたら他に何が合うと思う？」

カレーとパン粉で作ったタネだけでも十分に美味しいだろうが、もう少し味に変化が欲しい。

「トマトとかチーズとかキャベツなんかも合うな！　それに鶏肉も！」

さすがは料理人。スラスラと食材の提案が出てきた。

「おお、いいね。それも入れよう」

バルトロは仕込みで準備していた具材だけでなく、鶏肉を炒めたりと準備していなかった具材までも作っていく。ライブ感があって楽しい。

俺はバルトロが用意してくれたチーズやキャベツ、トマトを生地に載せた。

零《こぼ》れないように生地の輪郭に水を塗り、もう一枚の生地を載せると綺麗に閉じてくれた。

そうやって具材とタネを入れて閉じると、表面に油を塗って、パン粉を振りかける。

パン粉を振りかけるのは少しカレーパンっぽくしたいからだ。

油で揚げてしまうのも悪くないが少しヘルシーにしたいので、このままフライパンで焼いていくことにする。

生地を成形してはフライパンに載せて焼く。

ジュウウッという音がなり、崩れないか様子を見ていく。

「こっちのやつも包んで焼いていくぜ？」

「うん、お願い」

全員分になると一度では終わらないので、バルトロにも手伝って焼いてもらう。

フライパンの蓋を開けると、生地がこんがりと焼けて茶色く染まっていた。

中に詰まっているカレーのタネもとても香ばしい匂いを放っている。

それらをひっくり返して裏面も過熱。

両面にしっかりと焼き色がついたら、

「カレーの包み焼きの完成」

そのまま皿に盛り付けては美しくないので、リーフレタスを下に敷いてクレソンをばらまき、彩りとしてカットしたトマトを置くとなおいいだろう。

全員分を焼き終えると、俺は料理を持ってダイニングルームに移動した。

◆

「やっときたか！」

ダイニングルームにやってくると、ルンバ、ゲイツが座っていた。

家族で囲むいつもの食卓に二人が座っている光景は少し新鮮だ。

「ただのカレーってのも飽きたから、ちょっとアレンジしたよ」

「おお、カレーを使った違う料理か！　それは楽しみだ！」

ウキウキとした様子のルンバとゲイツの前に、カレー料理となるものを差し出す。

「おお？　なんだこりゃ？」

「カレーの包み焼きだよ」

「ふむ、カレーを生地で包んで焼いたのか。これは美味しそうだ」

二人の目の前にお皿を差し出すと、俺も席に座る。

「どうぞ、食べてみて」

そのように言うと、ルンバとゲイツは包み焼きを手で掴んで食べた。

「うおおお！　美味えっ！」

「中からじんわりとカレーのタネが出てくる。それだけでなくカレーに合う具材も入っていて美味しいな」

ルンバが吠え、ゲイツが堪能するように感想を述べる。

よかった。二人が食べていたカレーライスじゃないけど文句はないようだ。

パクパクと食べ進める二人を横目に俺も包み焼きを口にする。

表面はカリカリっとした食感。パン粉のお陰でパンの風味がよく出ている。

生地の中からは練り合わされたカレーが出てくる。

「おっ、俺の具材はトマトだ」

加熱され甘みを増したトマトがカレーと非常に合っていた。

過剰な油が含まれていないので、あっさりと食べられて非常に良い。

「こっちはチーズだぜ！」

「俺は鶏肉だな。色々な具材が入っていて飽きないな」

ルンバやゲイツは出てくる具材を言い合って盛り上がっている。

どうやらバルトロの入れてくれた具材は大好評のようだ。やはり、元がカレーなのでカレーに合う食材を入れれば美味しく楽しめるのだろうな。

もうちょっと辛めにしても楽しめるかもしれない。それに次はしっかりと揚げたものも食べてみたいな。

その辺はまたカレーを作った時に、バルトロにやってもらおう。

「ふう、美味かったぜ」

「ああ、美味しかった」

「二人とも満足した？」

一足先に食べ終わったルンバとゲイツに俺は尋ねる。

約束通り、カレーを食べさせてあげたんだし文句はないだろう。

「美味えけど、この程度の量じゃ手足の震えは止まらねえな」

「ああ、もっとカレー成分を摂取する必要がある」

「つまり、お代わりが欲しいってことね」

二人の注文に呆れながらも俺はダイニングルームを出て、追加の包み焼きを取りにいく。

厨房に戻ると、バルトロが何故か一仕事終えたかのような様子でイスに腰かけていた。

「あれ？　カレーの包み焼きは？　まだたくさん残っていたよね？」

ルンバとゲイツと俺の分を引いても、厨房にはたくさんの焼いていない生地が残っていた。

「エリノラの嬢ちゃんたちが持っていっちまった」

相変わらず目をつけるのが早い。

きっと作っている時から狙っていたのだろう。カレーの匂いはわかりやすいから。

「しょうがないや。それならまた生地に包んで――って、カレーがない⁉」

「全員分の生地に練り込んで焼いたらな……」

ということは、ルンバとゲイツを満足させるために、またカレーを作らないといけないのか。

ああ、またしばらくスロウレット家ではカレーが続きそうだ。

書き下ろし……小説

第三王女レイラ　冬空を見上げて

I want to enjoy slow Living

どんよりとした雲が王都の上空を覆い、真っ白な雪がしんしんと降り注ぐ。

あれから私は変わらず空を見上げています。

空を見上げるのが好きというのもありますが、あの時の少年を探して……。

「レイラ様、あまり窓辺にいると身体が冷えてしまいますよ？」

外を眺めていると、メイドのサリヤが心配そうな声をかけてきました。

設備が整えられている王城内のとある一室、私の部屋では暖炉が稼働しているほか、部屋からあまり出られない私のために部屋を暖める魔道具が特別に設置されています。おかげで非常に暖かいです。

しかし、窓を開けていれば外から冷たい風が入ってくる上に冷気を直に浴びてしまいます。

サリヤが心配するのも当然ですね。

「もう少しだけ……」

ひらひらと舞い落ちる雪を視界に収めながら、少年がいないかと視線を巡らせます。

「ならば、せめて温かい紅茶を飲んでください。そのままでは身体が冷えてしまいます」

「ありがとう、サリヤ」

強情に窓辺から離れない私を心配して、サリヤがカップを差し出してくれました。

温かなミルクティーが入ったカップが、私の手をじんわりと温めます。

そっと口をつけると上品な香りが広がり、まろやかなミルクの風味が口内に広がっていきました。寒くなってくるとこういった温かな飲み物が美味しくなりますね。

自然と私の口から白い息が漏れ、冬空へと消えていきます。

「レイラ様、こちらにスコーンがありますがいかがです？」

「………」

サリヤが私を窓辺から離そうとしています。

いつもよりミルクティーが甘くないと感じたのは気のせいではなく、このための布石だったのですね。

「スコーンをこちらに持ってきてください」

「そのようなことをすれば、せっかくの出来立てのスコーンが冷めてしまいます。それは料理人への冒涜です」

「うぐぐ、わかりました。今日はこの辺りにしておきます」

観念して窓辺を離れると、サリヤがにっこりとした笑みを浮かべながら窓を閉めました。

冷気が入ってこなくなったことにより、私の部屋は途端に暖かさが上昇しました。

窓を開けっぱなしにしないと、こんなにも暖かくなるんですね。

サリヤが取り分けてくれたスコーンを切り分けて食べます。

スコーンの表面はサクサクとしており、中はほっくりとしてバターのほのかな甘みが美味しいです。

確かにサリヤの言う通り、これは温かい内に食べるべきものですね。

バターやジャムと相性がバッチリな上に、ミルクティーとも合います。

「どうしました？」

スコーンを食べていると、サリヤがジーッとこちらを見つめてきます。

私の顔になにかついているでしょうか？

「もぐもぐと食べるレイラ様が可愛らしいなと思いまして」

「私は小動物ではないんですが……」

サリヤは時々、このようにして私を観察する癖があります。

実害はないのですが、恥ずかしいです。

「あれから少年とやらは見つかりましたか？」

「……いいえ」

初夏に落ちる姿を目撃してから、少年はパッタリと姿を見せていません。

勿論、私も睡眠をとる時間だったり、魔道具の製作なので上空を見上げることのできない時間はあるので、そういった時間帯にいた可能性はあるのですが。

「時折、王都の上空に姿を現す少年。新種の魔物の類ではないですか？」

一度も少年の姿を見ていないサリヤは、存在についてかなり懐疑的です。

前回の落下地点に調査に赴いてくれましたが、結局は空振りでしたし。

「そんなことはないかと思います。普通に喋っていましたし、魔法も使っていたので……」

「会話の内容は？」

「何かを喋っていることだけはわかりましたが、肝心の内容はなにも……」

もし、上空での会話を聞き取ることができたら、彼らを探す上でのヒントになったのですが。

「冬になってパッタリと姿を見せなくなったというのは寒いのが苦手なのではないでしょうか？　冬眠をする熊のように」

サリヤの表現がおかしくて私は思わず笑ってしまいます。

寒さが面倒で外に出たがらないといったサリヤの表現は、なんとなくあの少年のイメージにピッタリだったからです。

「確かにそういう考えもありますね」

「ですから、寒い冬に空を見上げるのは控えませんか？」

結局はそこに戻るのですね。

思わず苦笑してしまいますが、これもサリヤが私を心配してのことだとわかっています。

「控えません。ただし、今後はしっかりと防寒具を身に纏い、温かい紅茶を飲みながら見上げることにします」

窓辺にいる時間を減らしてほしいサリヤと、それでも空を見上げたい私の間にすり合わせることができる妥協案は、ここだと思います。

きっちりと寒さの対策をしていれば、サリヤも心配することもありません。

「空を見ること自体はやめてくださらないのですね」

「はい。私は空を見上げるのが大好きですから」

サリヤのお願いでも、こればかりは譲ることはできません。

また、いつあの時の少年が現れるかわかりませんから。

◆
「見てください、サリヤ。王都が真っ白です！」

あれから冬の寒さはさらに増していき、窓辺から見える王都は銀世界となりました。

王都にも例年雪が積もることはありますが、ここまで積もっているのは初めてのことではないでしょうか。

「昨夜はかなり雪が降りましたからね」

「そうだったのですか？　気付きませんでした」

「レイラ様は一度眠ってしまうと中々起きませんからね」

どうやら私が寝入ってから、大雪になったらしいです。

たくさんの雪が降り積もる様を私も見たかったので、少し残念です。

「王城にもたくさん雪が積もっていますね。えいっ」

私は氷魔法を発動し、尖塔に積もっている雪を落としました。

「これだけの雪が積もっていると騎士団の方々も大変ですね」

王城の中庭では騎士団と思われる方々が必死に王城内の除雪作業に従事しています。

このような寒い中、冷たい雪に触れながらの作業はとても大変そうです。

「王城内は騎士団が、王城外を魔法師団が除雪に従事している模様です」

「あっ、本当ですね」

サリヤに言われて、瞳に魔力を集中させてみると、王城から王都へ至る一本道に魔法使いたちが集まっていました。火魔法で雪を溶かして、念入りに溶けた水を乾燥させています。

「あちらも大変そうですね」

氷魔法を扱うことができれば、雪に対して魔法が作用できるのでそのまま移動させたりできるのですが、扱うことができなければそのようにはいきません。

「魔法師団でも氷魔法を扱える物はごくわずかですから」

私はこんな身体だったので、他の人よりも魔法にかける時間が多かっただけのこと。

氷魔法を使える私が特別だとは思いません。

きっと私と同じような状況であれば、誰でも氷魔法を扱うことができるでしょう。

「サリヤ、除雪作業を手伝ってあげてもいいでしょうか？」

こんな私の魔法でも皆さんの役に立てるのであれば、私は力を使いたいと思います。

「王城内でしたら構いませんよ」

「ありがとうございます！」

外は寒いのでしっかりと防寒具を纏うと、サリヤが車椅子を操作して部屋の外へと連れ出してくれました。

通路に出ると、ひんやりとした空気がお出迎えします。

「寒いですね」

「部屋に戻りますか？」

「いいえ、戻りません」

私室との寒暖差に心がめげそうになりますが、自分から言い出したことですし、騎士団の方々はもっと寒い思いをしているので我慢します。

「サリヤはメイド服のままですが、寒くはないのですか？」

サリヤは私と違って、何も上着を羽織っていません。

いつものメイド服を纏っているだけ。寒くないのでしょうか？

「メイドはいかなる時も主にお仕えできるよう訓練を受けているので平気です」

「そのような訓練を受けているのですね」

まさか、城に務めているメイドの皆さんがそのような過酷な訓練を受けているとは思いませんでした。

「あの、冗談ですよ？」

私が感心していると、サリヤがちょっと困ったように言います。

「もう！　サリヤってば！」

ぽかぽかとサリヤを叩いてやりたいのですが、後ろでハンドルを握っているためにそのようなことはできません。私にできるのは、ぷーっと頬を膨らませて精一杯に感情を示すだけです。

「レイラ様は素直で可愛いですね」

私が世の中のことについて疎いのを知っているので、サリヤはこうしてたまにからかってきます。

真実は、なんでも彼女のメイド服は服の下にライタースーツという摩擦熱を生み出すものを着込んでいるおかげで寒さに強いのだそうです。

「ということは、他のメイドの皆さんもそれを着込んでらっしゃるのですか？」

「いいえ。これは冒険者である妹に取ってこさせ——ではなく、プレゼントとして送ってもらったものを加工した特注品なので」

今、妹さんに取ってこさせたというような発言が聞こえてきましたが、気のせいですよね？

「それって私にも作ってもらうことはできますか？」

「可能ですが、ライタースーツは身体を動かすことによって熱を発するものなので……」

「車椅子で生活をする私では効果が薄い……ですか」

「……はい」

薄着でも暖かくできるものがあれば、是非とも欲しかったのですが、あまり身体を動かすことのできない私には無用の品物のようですね。

「レイラ様、あちらの城壁の雪を落としてしまいましょうか」

「周囲に騎士団の方はいらっしゃいませんか？」

「いないようです」

サリヤに周囲の安全を確認してもらうと、私は氷魔法を発動させて城壁に積もっている雪を落としました。

「こんなものですかね」

「あれ？　城壁の雪が綺麗に落ちてる？」

そうやって城壁の雪を落としていると、スコップなどを手にした騎士の方々とバッタリと遭遇いたしました。

「こんにちは。少しでも皆さんのお力になりたくて、雪を落として除雪のお手伝いをさせていただきました」

「え？　誰？」

雪を落としたことを告げると、騎士の方々が困惑したような反応を見せます。

「失礼しました。私、第三王女のレイラといいます」

「第三王女様⁉　し、失礼いたしました！」

「お顔を拝見するのは初めてでしたので無礼をお許しください！」

「気にしないでください」

とはいったものの、騎士の方々に第三王女だと認識されていないのはちょっとだけショックでした。

どうやら城壁の除雪を任された方は平民出身の方のようで、王族とあまり声を交わした経験が少ないそうです。それに加え、先ほどの態度もあってすっかり萎縮してしまっています。

あまりこの場に長居するのは彼らにも良くないですね。

「では、失礼いたしますね。お仕事頑張ってください」

「「は、はい！」」

サリヤに車椅子を押してもらい、私はその場を後にします。

「まったく。王城に仕える騎士でありながらレイラ様のお顔も知らないなんて……」

「仕方がないですよ。私はクーデリアお姉様のように華やかでもなく、クラウディアお姉様のように公務に顔を出すこともありませんから」

お姉様たちのように精力的に活動していれば、平民の方にも顔を覚えてもらえるかもしれませんが、私の場合はそうはいきませんから。

そのようにフォローをしてみるもサリヤとしては納得がいかないらしく、どこか不満げな様子でした。

「あまり人が多いところですと、先ほどのように萎縮させてしまうかもしれないので騎士団の方々がいないところの除雪をしましょう」

「かしこまりました。では、王城の裏側の方に向かいましょう」

サリヤに車椅子を押して移動させてもらうことしばらく。私は王城の裏側にやってきました。

こちらは商人が持ち込む荷物の搬入や、使用人や騎士などの出勤退勤などに使用される裏口に当たります。使用頻度はそれなりに高いそうですが、王族や貴族などが使用する正面側に比べると重要度が低いせいか後回しにされているようで雪が多く残っています。

「今は誰もいないようですね」

「では、雪を落とします」

再び氷魔法を使用し、私は王城にある雪を落としていきます。

「ふわああああああっ⁉」

ごっそりと雪を落としていくと、突如として近くで悲鳴のような声が聞こえました。

「今の悲鳴は？」

「あちらの方かと！」

サリヤに言われて降り積もった雪を魔法で退かしてみると、翡翠色の髪をした長身の女性が出てきました。

「いやー、まさか急に大量の雪が落ちてくるとは……」

「ライラさん⁉」

雪の中から出てきたのは王国騎士団の騎士団長であるライラさんでした。

「レイラ様。ご迷惑をおかけして申し訳ありません」

「どうしてライラ殿がこのようなところに？」

サリヤが尋ねると、ライラさんがバツが悪そうな顔をしながら言います。

「ええっと、お二方は先日の事件をご存知で？」

「ああ、国王様の王冠を叩き斬ってしまった、例の……」

「お父様の王冠を斬ってしまったのですか⁉」

ライラさんのお話を詳しく聞いてみると、王城の窓からお父様が落としてしまった王冠を中庭で荷物の検品をしていたライラさんが反射的に斬ってしまったそうです。

「そんな事件があったため私は謹慎中なのです」

「あれ？　謹慎中であれば、王城内であろうと出歩くのはよろしくないのでは？」

私が疑問の言葉を投げると、ライラさんはビクリと身を震わせました。

「レイラ様のおっしゃる通りなのですが、こう、なんと申しますか。ずっと部屋にこもっているのは苦手なものでして」

「それでひと目がつかない場所で剣を振っていたのですね」

「……そういうことになります」

私たちに気付いて隠れていたところに、ちょうど雪が落ちてきたというわけですね。

「くしゅん！」

不思議な状況に納得したところでライラさんが可愛らしいくしゃみを漏らしました。

先ほどまで剣を振っていたので、ライラさんの服装は薄着です。そんな状態で真冬の雪に埋もれてしまったので、身体が冷えてしまったのでしょう。

「ライラさん、よろしければ私の部屋で温まっていかれませんか？　小さいですがお風呂もありますし、暖炉や魔道具もあって暖かいですよ」

「大変ありがたいお申し出ですが、私のような者をレイラ様が部屋に招くなど」

「私のせいでライラさんが風邪を引いてしまったとあっては、それこそ困ってしまいます」

「謹慎中なのに剣を振っていたことをバラされたくなければ、素直に私たちの世話になりなさい」

「ぐっ……。わかりました。お世話になります」

最初は遠慮していたライラさんでしたが、サリヤがそのように言うとこくりと頷きました。

そんなわけで王城の裏側に残っていた雪をすべて落とすと、私たちは部屋へと戻ります。

隣接されている浴室にサリヤがライラさんを案内すると、五分もしない内に上がってきました。

私は湯浴みをするのに小一時間ほどかかってしまうのですが、普通の人はこんなにも早く済ませられるものなのでしょうか？

サリヤがお茶を差し出すと、ライラさんは恐縮しながらも口をつけてくださいました。

しばらく無言で紅茶を楽しむ時間が流れます。

冷静に考えると、このように部屋に誰かをお招きするなど初めてのことです。

ライラさんは私よりもずっと年上の大人の女性で、立場のある騎士団長で、私とはなにからなにまで違います。

一体何を話したらよいものなのでしょうか？

「ここ最近の騎士団の調子はどうですか？」

共通する趣味などが思いつかなかったので、ひとまず騎士団の仕事のことを聞いてみることにしました。

いつもは騎士団の方の演習を眺めているだけなので、実際の内部事情が気になります。

「今の騎士団ですが、かなり仕上がっていますよ！」

「仕上がっている？」

「ええ！　謹慎中の私の代わりに騎士団をまとめているマルコもいますし、シルフォード家の麒麟児など団長格の実力の者が多く揃っています。それに加え、来年は大型の新人が何人も入ってくるのです」

「そんなにも来年はすごいのですか？」

「ええ。なにせ来年はエリノラ＝スロウレットが入団予定ですから」

「スロウレットと言いますと、あのドラゴンスレイヤー様のご息女のことでしょうか？」

「はい。入団してくるのは春ごろですが、若干十歳にしてその実力は既に団長格に匹敵するかと」

「それはすごいですね」

私とほぼ変わらない年齢なのに、団長格に匹敵する実力とは、とんでもないです。

「さらに来年はエリノラだけでなく、麒麟児の妹ルーナ＝シルフォード、魔剣士フェルン＝イスターツと、若くして頭角を現している者ばかりですから」

そんな期待の新人たちに負けないようにと、現役の騎士の方々は奮起されているようで毎日の訓練にも気合が入っているようです。

来年からは演習場がさらに賑やかになるということですね。

窓から外を眺める楽しみが、また一つ増えそうです。

「私からも質問をいいでしょうか？」

「あ、はい。どうぞ」

「レイラ様はなにか悩み事でもあるのでしょうか？」

唐突なライラさんの言葉に私は目を丸くします。

「え？　悩み事ですか？」

「ここ数か月、窓から顔を出しているレイラ様をよくお見かけするものでして」

どうやら少年を探して空を見上げている姿を、窓の下にいるライラさんに度々目撃されていたようです。少し恥ずかしいです。

「え、えっと、悩み事といいますか、ここ最近気になることがあるといいますか……」

「気になること⁉　それは王城の防備的な意味でしょうか？」

おずおずと私が口にすると、ライラさんがずいっと前のめりになります。

私、いつ防備が気になると言いましたでしょうか？

「いえ、決してそのようなことはありません」

「では、気になることとは一体？」

「え、えっと、実は……」

話を濁してはライラさんが気になる様子でしたので、私は王都の上空で見かけた少年について話しをしました。

「なるほど。つまりは王都の上空に侵入者が現れたということですね」

真剣な表情で腕を組みながら言うライラさん。

「ええ？　いや、そういうことではないのですが⁉」

でも、言いようによってはそう捉えられるのでしょうか？　なんだか不穏な方向に話が流れている気がします。

「まさか上空から侵入してくる魔法使いがいるとは盲点でした。至急、部屋に戻って王都上空への防備体制について思案させていただきます。では、私はこの辺りで失礼させて頂きます」

「いえ、私が言いたかったのはそういうことでは――」

ライラさんを呼び止めようとすると、後ろにいたサリヤが手で私の口を覆ってしまいます。

その間にライラさんは素早く退出してしまいました。

「サリヤ？」

「騎士団の方々が注意して上空を警戒してくだされば、レイラ様のおっしゃる少年とやらを見つけられる確率が上がるかもしれません。二つの目よりも四つの目、四つの目よりも六つの目です」

「確かにそうですが……」

「レイラ様は例の少年を見つけたら、お会いしたくないのですか？」

「え？　別にお会いしたいと思っていたわけでは……」

「会いたくもないのに毎日空を見上げているのですか？」

サリヤに正論を言われ、思わず言葉に詰まってしまいます。

気恥ずかしさからつい否定してしまいましたが、あの少年と会って話してみたいという気持ちがあるのは事実です。

「い、いえ。お、お話ししてみたいです」

言葉を紡いでみると、自分でもわからないくらいに顔が熱くなるのを感じます。

なんなのでしょう？　この恥ずかしさは。

「でしたら、お会いできる確率が増えるのはいいことではありませんか」

私は染まっているだろう顔の色を誤魔化すように俯きながらサリヤの言葉に頷くのでした。

錬金王（れんきんおう）
今は東京在住の物書き。本作で第4回ネット小説大賞金賞を受賞しデビュー。
現実でもスローライフをおくるために試行錯誤中。

イラスト **阿倍野ちゃこ**（あべの ちゃこ）

※本書は、「小説家になろう」(https://syosetu.com/)に掲載されていたものを、
改稿のうえ書籍化したものです。
※この物語はフィクションです。作中に同一の名称があった場合も、実在する
人物、団体等とは一切関係ありません。

転生して田舎でスローライフをおくりたい　砂漠のオアシスへ行こう!
（てんせいしていなかですろーらいふをおくりたい　さばくのおあしすへいこう!）

2023年12月9日　第1刷発行

著者　錬金王

発行人　蓮見清一
発行所　株式会社 宝島社
〒102-8388　東京都千代田区一番町25番地
電話:営業03(3234)4621／編集03(3239)0599
https://tkj.jp

印刷・製本　中央精版印刷株式会社

ISBN978-4-299-04880-6